推しの殺人

遠藤かたる

宝島社
文庫

宝島社

推しの殺人

事務所のフローリングに男が死んでいる。
私たちの社長だ。
数時間前までは元気だったのにいまはぴくりとも動かない。
社長の死体を前に、私たちメンバー三人は立ち尽くす。
イズミはしきりにまばたきをし、テルマは放心状態でうなだれている。
社長は死んだ。殺された。
「どうしよう、ルイ」
イズミが私に訊《たず》ねる。
テルマも救いを求めるようにこちらを見た。
私が聞きたい。
どうしたらいいんだろう。
どうして社長は死んでしまったのだろう。
私は無意識に今日一日のことを考える。
無意味だ。過去を振り返ったところで社長は生き返ったりしない。
それでも考えてしまう。
私たちがただのアイドルでいられた日のことを。

「ルイはもっと危機感を持ったほうがええよ」

ライブ後の特典会で男性に言われた。男性はよくライブに来る常連であり、私を推してくれる数少ないファンだった。

インスタントカメラでツーショット写真を撮り、いつものように雑談をしていたら、「危機感を持て」と突然言い放たれたので私は面食らう。なごやかだった空気がにわかに変じる。チェキ撮影を担当するアルバイトスタッフは苦笑を浮かべて傍観している。

男性は苦々しい表情でつづけた。

「さっきのライブ、手抜いてたやろ」

「そんなことないよ」

私は笑顔でかぶりを振った。

複数のアイドルグループとそのファンが集まった合同ライブの会場は賑々《にぎにぎ》しい。ライブハウスのロビーに設けられた物販ブースでチェキ券を買ったファンは、列をなしてそれぞれの推しとの時間を満喫している。

アイドルの子たちはみな屈託ない笑みで、特典会を心から愉《たの》しんでいるように見えた。私も同じように笑えているだろうか。自信はない。

「モッシュとかリフトしても反応《レス》ないし。せっかく俺らが盛り上げてんのに。ルイがそんなんじゃ萎えるわ」

男性は聞こえよがしにため息をつく。彼の眼鏡が霜をかぶったように白く曇った。

「がんばってたつもりなんだけどな」

少し傷ついたふうな顔を作る。今日のライブハウスは客席で身体をぶつけあう『モッシュ』も、客同士が担ぎ上げてアピールする『リフト』も禁止なのは黙っておいた。理解してもらう労力より、受け入れる負担のほうが軽い。

「ルイはプロなんやから。ステージに立っている間は全力でやらんと」

声を発するたびにマスクがずり落ち、男性の鼻があらわになる。脂ぎった皮膚にぽつぽつと黒ずんだ毛穴が目立つ。

空気がひりついた。アルバイトスタッフは気だるげにカメラをいじっている。異変を察したのか、客の待機列を整理する社長がこちらを見た。私と目が合った社長は何事もないかのようにすぐ視線を逸《そ》らし、他のメンバーとのツーショット撮影に並ぶ客の整理をはじめた。

「俺だって本当はこんなこと言いたないけどさ、ルイのためを思って言うてるんやで」

問題児をさとすように熱のこもった口調だ。中学校の教師をしていると男性はいつか話していた。アイドルとは真逆のお堅い仕事だ、と自虐とも自尊ともとれる笑みを浮かべていた。

私は真逆だとは思わない。アイドルと教師は似ている。

アイドルはステージ、教師は教壇、それぞれが壇上に立って多くの視線を浴びる。偶像だ聖職者だと祭り上げられる一方で、社会を知らないやつらだと侮られてもいる。

プライベートでもイメージにふさわしい人間であることを求められ、審査されつづける。

その重圧から精神を病む人間は多い。

「気抜いてたらあっという間に置いてかれるぞ。かわいい子なんてたくさんおるんやから」

そのとおり。かわいい子なんて星の数ほどいる。

「とにかく危機感だけは持っとかな」ここ試験に出るぞと念を押すようだった。

「そうだね。がんばるよ」

私がうなずくと、男性は眉間にぐっとしわを寄せた。

彼が期待していた返答ではなかったようだ、眼鏡の奥の目がすっと細まり、たぎっていた熱がみるまに失われていく。

舌打ちが聞こえた。鋭い威嚇音はマスク越しでもはっきり届いた。

「何のためにアイドルやってんの」

男性は吐き捨てて踵《きびす》を返した。

離れてゆく背中を私は黙って見送る。

手の施しようがない問題児だと失望された。たぶんもうライブには来てくれない。貴重なファンを失った。

落胆はない。対応を失敗したという動揺もない。

驚くほど心は静かだった。少しも波立つことはなかった。

それは心が凪《な》いでいるからか、あるいは干上がっているからか。

何のためにアイドルやってんの。

言われてみればなぜだろう。深く考えたことがない。

大阪発のアイドルグループ『ベイビー★スターライト』の初期メンバーに選ばれてもうすぐ四年が経《た》つ。

それからずっとライブを中心に活動してきた。世間では地下アイドルやライブアイドルと呼ばれている。

結成当時は七人グループだったが、メンバーの加入と脱退を繰り返し、現在のベイビー★スターライトは三人編成となった。

初期メンバーで残っているのは私だけだ。他の子はみんなアイドルを卒業した。

かつては定期的にワンマンライブも開催していたが、いまは小規模なライブハウスで他事務所のアイドルとの合同ライブを月に二十本ほど実施するのが主活動だ。合同ライブに参加すれば毎回十数人の客を集められるが、アイドルフェスに呼ばれるほどの集客力はない。中の下。地方の地下アイドルとしてのベイビー★スターライトのランクはそんなところだ。

なぜ私はアイドルをつづけているのだろう。

ステージに降る光。客席からの声援。飛び散る汗。充満する熱気と高揚。アイドルをはじめた当時はライブのたびに非日常を感じ、いくばくかの充足感を抱くことができた。

いまは何も感じない。ライン作業みたいに所定の動きを繰り返してライブが終わるのを待つだけだ。

じゃあ、何のためにアイドルを。

特典会が終わるまで考えてみたけれど、答えは出なかった。

「ルイ、チェキ撮ってるとき何かトラブってなかった?」

ライブハウスの楽屋に戻ると、テルマが話しかけてきた。

楽屋はそこそこに騒がしい。特典会を終えた女の子たちはグループごとにかたまり、帰り支度をしながら談笑している。

「お客さんに怒られただけだよ」

「マジで。何言われたん」

テルマがぐいと顔を近づける。赤のアイシャドウに彩られた目に好奇心の色がにじんでいる。

「手を抜くな、ステージに立ってる間は全力でやれって言われた」

「しんどっ」テルマが渋面を作る。「ライブ終わりの疲れてるときに説教とか勘弁してほしいなあ」

「言ってることは正しかったけどね」

自分でも今日のライブはひどかったと思う。

最近、ライブ中に息が詰まる。呼吸がうまくできなくて苦しいときがある。それが手を抜いているように見えたのだろう。

「正論振りかざされるのが一番しんどいて」

テルマは笑いながらボディシートで身体を拭いた。ボディシートの独特な甘い匂いが漂う。小さなライブハウスにシャワー設備なんてものはない。

「よう我慢できるよな。あたしやったら絶対言い返してるわ」

たしかにテルマなら反撃しただろう。彼女はリスに似ている。身体は小さいけれど獰猛《どうもう》だ。

気に食わない客にテルマが言い返す場面には何度か遭遇したことがある。アホ、ボケ、カスと殺傷力の高い単語をまくし立てることもあった。

本人いわく「だんじりのDNAが騒いじゃうねん」とのことだ。

テルマのだんじりDNAに惹《ひ》かれる人もいれば、引かれることもある。後者が多いのが実情だ。

「ルイもたまには言い返さんと。口が無理なら手出しいや。たちの悪い客はどついたったらええねん」

「暴力はダメでしょ」

「暴力系アイドルも悪くないんちゃう。握手会の代わりにビンタ会やってるグループもおるやん。いまなら競合も少ないブルーオーシャンやで」

「すぐレッドオーシャンになるよ、客の血で」

「上手いこと言うねえ。座布団ないからボディシート一枚あげる」

手渡されたボディシートで私は身体を拭いた。

「まあでもアレやで。冗談抜きでルイもたまにはビシッと言うたほうがええよ。嫌なことは嫌ってお客さんに伝えるのも大切なコミュニケーションやん。そうせんとおかしな方向に行ってまう人もおるからな」

おかしな方向に行った結果、好意を憎悪に変える人もいる。昨日のファンは今日のアンチ、なんてこともめずらしくない。

「自分で言い返すことができへんのやったら社長に対応してもうたら。ひどいお客さんは出禁にしてもらうとか」

「社長か」

面倒ごとを避けるように視線をそらした社長の横顔を思いだす。

「ちゃんと対応してくれるかは知らんけどな。社長はセンター様にかかりっきりやし」

そこで楽屋のドアが開いた。

ドアから顔を出したのはイズミだった。これでベイビー★スターライトのメンバー全員が楽屋に揃《そろ》った。

「おつかれ」

イズミが楽屋に入ってくる。目鼻立ちのはっきりした顔にすらりとした身体はグループのセンターにふさわしい存在感を放っている。ただ、妙におどおどしていて表情は硬い。

「おつかれ」と私は返した。

「寒い。ドア」テルマは見向きもせずに眉をひそめた。

「あ、ごめん」イズミがわずかに開いたドアを閉め、ぎこちなく笑う。「今日ほんまに冷えるね。なんでこんな寒いんやろ」

「冬やからに決まってるやん。いま一月やで」

テルマはそっけない。

イズミはさらに笑顔をぎこちなくしながらも会話をつづけた。

「なんか年々寒くなってる気がする。小学生のころは真冬でも半袖で外走り回ってお母さんに」

「あんた、さっきのライブどういうつもりなん」

遮るようにテルマが言うとイズミの笑顔は完全に消えた。

「え、あの、え」

「ダンスも歌もひどすぎやろ。全然動けてへんうえに声もまったく出てない。あんたのだけマイク入ってへんのかと思ったわ」

イズミは伏し目がちに返す。「ちょっと調子悪くて」

「調子悪くてもどうにかしいや。あたしは死ぬほど生理ひどいときもノーミスでライブやりきったよ。どんだけキツくてもそれを悟らせへんのがアイドルやろ。あんたにはアイドルとしての覚悟が足らんねん」

テルマは鋭く言う。手を抜くなとファンに怒られた私の話を笑って聞いていたときとは大違いだ。

楽屋にいる他のグループの子たちに聞かれぬよう声を落としながらも、テルマは責め立てる。

「あんた単純にやる気ないいんやろ。地下アイドルのライブなんてテキトーでええって舐《な》めてんねやろ」

「ちゃうよ、そんなんちゃうけど」

「けど、なに」

「……ごめん」

「とにかくちゃんとやって。グループの足だけは引っ張らんといて」

イズミは小さくうなずくと、何かに耐えるように唇を噛《か》み、「ごめん、ちょっとお手洗い」バッグを持って楽屋を出ていった。

「言いたいことあるなら言えばええのに。やる気も度胸もないいんかい」

テルマはパイプ椅子の背にもたれかかって嘆息する。

「なんであんな子がベビスタのセンターやねん」

この半年で何度も聞いた台詞《せりふ》だ。

イズミが加入するまでベイビー★スターライトのセンターはテルマだった。

テルマはセンターであることに誇りを持ち、センターであるための努力も怠らなかった。人一倍レッスンし、パフォーマンスはグループで最も優れていた。

そんなテルマからセンターを奪ったのがイズミだ。

イズミはアイドル未経験の大学生で、歌もダンスもテルマのほうがずっと上手だった。

それでも事務所はイズミをセンターに抜擢《ばってき》した。

守りつづけた地位を、未経験の新人に、しかも同い年の十九歳に奪われたことがテルマには許せなかった。

「ド素人がセンターやなんてベビスタの恥や」とテルマは何かにつけてイズミに厳しく当たるようになった。

それから半年が経っても二人の溝は埋まることなく、より一層深まりつつある。

私は、むすっとした顔でスマートフォンを操作するテルマの後ろを通り過ぎ、

「ちょっと電話してくる」

楽屋を出た。狭い廊下を進み、トイレに向かう。

女子トイレのドアを開けると、洗面台の前に立つイズミと目が合った。苦しそうに眉根を寄せて腹部を押さえている。

腹部の痛みが不調の原因らしい。それを悟られぬようイズミはトイレに逃げこんだのだろう。予想通りだ。当たってほしくなかったけれど。

「生理?」

一応確認した。イズミは首を横に振った。

「ちょっといい？」

私はイズミのステージ衣装に手を伸ばす。安物のサテン生地を慎重にめくると、みぞおちが黒みがかった紫に変色していた。

痣《あざ》だ。まだ生々しい。昨夜か今朝のうちにできたものだろう。白くきめの細かい肌に刻まれた黒紫の痣は、禍々《まがまが》しい呪詛《じゅそ》に見えた。

「ひどい……」思わず私は洩《も》らす。

「じっとしてればそこまで痛まへんよ」眉根を寄せたまま白い歯を見せた。「病院の先生も一、二週間でおさまる言うてたし」

「安静にしてればの話でしょ」ライブが無茶なことは素人にもわかる。「この痣、事故じゃないよね」

返事はない。

「彼氏にやられたんでしょ」

重ねて問う。沈黙の後、イズミは力なくうなずいた。

またか。イズミが殴られるのはこれが初めてではない。二の腕にも痛ましい痣がある。私が偶然それに気づいたのは一週間前、年明け最初のライブだった。

付き合っている男と口論になって殴られたとイズミは言った。もう二度と殴ったりしないと涙ながらに謝られたから許したとも。

「また殴られたんだね」

腕の痣も消えぬうちに急所《みぞおち》を容赦なく。

「あの人、すごいお酒飲んでたから。アルコール入るとカッとなりやすいみたいで」

被害者であるはずのイズミが弁明をする。相手への情ではなく恐怖からくる行動に思えた。それすら後ろめたく感じたのかイズミは早口でつづけた。

「暴力振るう男なんて最低やし、いますぐ別れたほうがええのはわかってるよ。でも、あの人、わたしが離れたらほんまにダメになると思う」数秒黙り、ひそめくように言い添えた。「別れたいって言ったら何されるかわからんし」

後半が本音だろう。舌の根も乾かぬうちに暴力を繰り返すような男だ。別れ話をすればさらにエスカレートする危険性はある。

「このことは誰かに相談した？」

私が尋ねるとイズミはかぶりを振った。友達にも話さず一人で抱えこんでいるのか。イズミの両親は仕事の関係で海外にいる。家族にも頼りにくい状況だろう。

「警察に届け出たほうがいいんじゃない」

みぞおちに痣が残るほどの暴行ならば然《しか》るべき対応をしてくれるはずだ。

「警察は無理。そんな大事にしたらお父さんとお母さんに心配かけるし、ベビスタもつづけられんくなるもん」

たしかにこの件が社長に知られれば黙っていないだろう。

私たちのグループは恋愛禁止だ。契約書にもはっきりと書いてある。過去には恋人の存在が発覚し、契約違反で脱退したメンバーもいる。

契約で恋愛禁止を強いることも、その契約に背いたから排除することも正しくない。けれどこの業界ではまかり通っている。いびつな戒律のもとにアイドルは成り立っている。

「大丈夫。心配せんといて」イズミが無理やりに口角を上げる。「自分のことやし自分で解決するよ。ちゃんと彼氏と話し合ってみる」

急所を容赦なく攻撃できるような人間が冷静に話を聞くだろうか。話し合いで解決できるのなら何度も暴力を振るってこないのではないか。

「話し合うときは私もついていこうか」

「いや、ええよ。わたし一人で平気。大丈夫やから」

はっきりとイズミは言った。遠慮というより拒絶だった。

私は少し驚く。そこまで距離を置かれているのか。まあ同じグループに所属しているだけの関係性なのだから当然かもしれない。

「彼氏と会うときは人目のある場所にしなよ。昼間のカフェとかさ」

言い置いてトイレを出ようとする私を、「待って」イズミが呼び止めた。

「ルイ、このこと誰にも言わんといてな。とくに——」

「テルマには言わない」

言葉を引き取って約束した。前回も同じように口止めされた。

「ありがとう」イズミがほっと息をはく。「今日はトイレで着替えるから。テルマに何か訊《き》かれたらごまかしといて」

「わかった」

「こんなことテルマが知ったらめっちゃ怒るやろ。『男と付き合うとか考えられへん。アイドルとしての覚悟が足らん』って」

テルマの口調を真似《まね》て鼻を鳴らす。

「アイドル語るのは結構やけど、せめてわたしよりライブにお客さん呼んでから言うてほしいかな」

せせら笑いを背中に聞きながら私はトイレを出た。

楽屋に戻ると、私服に着替えたテルマが声をかけてきた。

「長電話やったたな。誰と喋《しゃべ》ってたん」

一瞬意味がわからなかったが、電話をすると言って楽屋を出たのだと思いだす。

「マンションの管理会社。部屋のエアコンの調子悪くて」

「ふうん」

テルマは曖昧に応じてスマートフォンを操作しはじめた。

私はステージ衣装のままパイプ椅子に腰かけた。

身体にはまだボディシートの香りが残っている。人工的で過剰に甘ったるい。

アイドルらしい匂いだ。


「混みすぎやろ。全然進まへんやんけ」

事務所社長の羽浦《はうら》がハンドルを指で叩《たた》く。

ライブハウスからの帰り道。夕方の高架橋は車で大渋滞していた。薄暗がりに灯る赤のテールランプは視界のはるか先までつづいている。

「もうちょい早よ出たら渋滞はまらんかってんけど」

羽浦がバックミラー越しに後部座席の私を見た。「次からはもう少し早よ帰る準備してな」

「すみません」と私は頭を下げた。着替えるのが遅れて出発を数分遅らせてしまった。

「ま、別にええねんけどな。たいしたことちゃうし」羽浦が気だるげに自分の肩を揉《も》む。「でもまあ、時間の価値は理解しといてくれ」

「はい、気をつけます」

「気をつけるんやなくて自覚してほしいねん。ルイの着替えが遅かったせいでライブハウスからの出発が五分遅れたやろ。どれだけの時間を損したかわかるか」

「五分ですかね」

「ちがう。十五分や」羽浦が車内のメンバーを指さす。「イズミ、テルマ、俺。この三人に五分ずつ損させたわけ。つまり三人×五分＝十五分の損させたってこと。そこは忘れんといてな」

「はい、すみませんでした」

「やから別にええて。怒ってるわけやないねんから」

それを真に受けて謝らずにいると、はてしなく小言はつづく。羽浦は他人のミスに対して入念に小石をぶつける方法を好む。

「あと、謝るのは俺だけでええんか」

私はメンバー二人にも頭を下げた。

隣に座るテルマはこっそり表情をしかめて私に同情を示した。

助手席のイズミが遠慮がちに視線を送ってくる。痛みは引いたらしく顔色は良くなっているが、居心地が悪そうだ。

たぶんトイレでの会話のせいで私の帰り支度が遅れたと思っているのだろう。

たんに着替える気力が湧かなかっただけだから気にしないで、と言う代わりに私は小さく首を横に振ってみせた。

「ほんま車進まへんな。ユニバでもこんな待たへんぞ」ハンドルを指で叩く音が大きくなる。「もうすぐ宅配くる時間やのに」

羽浦はせわしげにスマートフォンを操作して電話をかけはじめた。

「土井《どい》、お前にいますぐやってほしい仕事あんねんけど」

電話の相手は事務所スタッフだった。土井は今日休みのはずだが、羽浦は特に謝ることもなく要件を切り出す。

「急ぎで事務所行って宅配の荷物受け取ってくれ」

わずかな間があって、「は？　無理？　なんで」苛立《いらだ》たし気な声に変わる。「法事で地元帰ってる？　はあーマジか。じゃもうええわ。いや、ええって。地元って四国やろ。いまから大阪戻ってこられても間に合うわけあれへんやん」

羽浦はスマートフォンをダッシュボードに投げるように置いた。露骨に不機嫌だ。

「十五分の損失がなかったらな」

バックミラーに映る羽浦の目がぎょろりと私を捉えた。

また小言がはじまりそうだなと考えていたら、ＦＭラジオから昔の洋楽が流れだした。八十年代のネオロカビリー。

「おっ、ストレイキャッツや」羽浦がカーオーディオの音量を上げる。「やっぱ渋いなあ」

「めっちゃかっこいい曲ですね」

場をとりなすようにイズミが明るく発した。

「ええやろ。ストレイキャッツは最強のスリーピースバンドやからな。ギターボーカルのブライアン・セッツァーが一番有名やけど、俺はベースのリー・ロッカーが好きやねん。好きすぎて同じベース買《こ》うたくらいや」

機嫌を直した羽浦は八十年代の音楽シーンがいかに優れていたかや、自分が過去に組んでいたバンドのこと、いまも音楽スタジオを借りて定期的に練習していることを饒舌《じょうぜつ》に語った。

朝礼の校長の話くらいに長くて退屈だったけれど、イズミはにこにこと相づちを打った。私とテルマはひたすら睡魔に耐えた。

車内のどんよりした空気が解消されるとともに車は渋滞を抜けた。

御堂筋《みどうすじ》を南に下って、通天閣《つうてんかく》にほど近い事務所に到着する。

事務所といっても普通のマンションだ。間取りは２ＬＤＫ。リビングが事務所で、他の部屋は羽浦の私室となっている。いわゆる自宅兼事務所だ。

梅田《うめだ》のオフィスビルからこのマンションに事務所が移転したのは、大阪に三度目の緊急事態宣言が発令された頃だった。

マンションの駐車場に車を停《と》め、羽浦につづいて私たちメンバー三人はライブの荷物が入ったキャリーケースを引きながら移動する。

三つのキャリーケースがごろごろと騒々しくアスファルトを鳴らし、マンションのエントランスに入ると、「マジか」先頭を歩く羽浦が舌打ちをした。

「またエレベーター止まってるやん。だるいてほんま」

エレベーターに故障中の紙が貼ってあった。築三十七年。羽浦と同じ年のマンションはところどころにガタがきている。

「しゃあない、階段でいくぞ」

羽浦は両手をポケットに突っこんで階段のほうに向かう。

テルマが自分のキャリーケースを指してつぶやいた。

「これ持って上がんの？　事務所がある七階まで？」

「手伝ってもらえば」

私は、怠《だる》そうに階段を上がる羽浦を見た。

「アホほど嫌味言われるだけやん」

テルマは荷物がぱんぱんに詰まったキャリーケースを持ち上げ、階段を上がりはじめる。

その姿を眺めていたイズミは、小さな吐息をもらしつつキャリーケースを両手に持ち、一段目に足をかけた。お腹の痛みが引いていたとしても七階まで上がるのはつらいし傷にさわるかもしれない。

私は左手に自分のキャリーを持ち、右手でイズミのキャリーを後ろから支えた。イズミがちょっと驚いた顔で振り返り、「ありがとう」と小声で言った。

七階まで上がるだけでも疲れるのに荷物があるから疲労は倍だ。事務所に着く頃には真冬にもかかわらず汗ばんでいた。

息を切らして事務所にたどり着いた私たちを見て、「ええトレーニングになったな」羽浦が笑った。

苦労して到着したものの事務所には十分ほどしか滞在しなかった。

今週のレッスンとライブの日程確認をしただけで本日の仕事は終了となり、私たち三人はさっき上がってきたばかりの階段を降りてマンションを後にした。

ＪＲ線で帰宅するイズミと別れ、私とテルマは地下鉄に向かう。

「わざわざ事務所行く必要あった？　スケジュール確認ぐらい移動中の車内でやればええんちゃうん」

テルマが首をひねる。

「時間の価値がどうこう言うてたそばから、あたしらの時間ごっつ無駄にされてるやん。羽浦さんって融通きけへんよな」

ここのところテルマは羽浦への不満を口にすることが多い。仕事の段取りが悪い、作曲のセンスが古い、短気《いらち》で運転が荒い。不満はさまざまだ。

だが面と向かって指摘したりはしない。リスのように獰猛なテルマも飼い主には牙《きば》を剝《む》かない。

「社員が土井さんしかいないから大変なのもあるだろうね」

羽浦を庇《かば》うわけでなく事実だ。事務所が移転したとき、それまで四人いた社員は土井の一人だけになった。

「大変なのはこき使われてる土井さんやろ。宅配便受け取ってほしいくらいで休みの日まで電話されるとか考えられへん。でもまあ土井さん変わってるからあんま気にしてなさそうやけど。いっつも無表情で何考えてるかわからんし」

「私も土井さんの喜怒哀楽は見たことがない。学生時代のあだ名がロボットなだけあるよね」

「ロボットのほうがまだ愛想ええで」

テルマの笑い声を聞いていると、ポケットの中のスマートフォンが震えた。さっき別れたばかりのイズミからのメッセージだった。

〈今日の夜、彼氏と会うことになった〉

今夜か。思っていたより早い。本当にイズミひとりで大丈夫だろうか。ちゃんと自分の意思を伝えられるのだろうか。
〈がんばって。何かあったら連絡して〉
メッセージを返信する。
とたん、ぱっとスマートフォンの画面が切り替わった。
羽浦からの電話だ。
『まだ電車乗ってないよな？　テルマも一緒におるか』
早口に訊かれた。羽浦はいつも一方的に要件を話す。
「一緒にいますけど。何かありましたか」
『仕事入ったから事務所戻ってこい』
ぶつりと電話が切れた。
テルマは通話が聞こえていたらしく肩を落とした。
「しんどっ」
また階段を上がることがしんどいわけではないはずだ。
事務所に戻った私とテルマは、羽浦に急《せ》かされて車に乗った。
「今日は北新地《きたしんち》の店やから」
羽浦が自転車の老人にクラクションを鳴らして言った。

外はもう暗い。車は日本橋の商店街沿いを走っている。

家電量販店やアニメグッズの店が並ぶ通りには若い女性が等間隔に並んで立っていた。

メイドカフェやコンカフェの客引きだ。冬空の下、太ももをあらわにしたミニスカート姿で通行人に声をかけている。

「お客さんは二人。どっちも社長さんやから失礼のないようにな」

企業の重役と食事をして接待をする。この数か月、私とテルマが任されている仕事だ。ライブをメインとするアイドルの活動とはかけ離れている。

「飲み会のお酌《しゃく》ってアイドルがやることですかね。それに仕事なんやったらイズミも参加するべきやと思うんですけど」とテルマも最初は反対した。

「そういうことはチェキの売上目標を達成してから言えよ。毎月達成してるのイズミだけやぞ。グループの先輩として恥ずかしないか。売上があかんのやったら他の部分で貢献するのが筋ちゃうか」と羽浦に言われれば、接待の仕事を引き受けざるを得なかった。

私とテルマのチェキ売上はじょじょに下がっていて、イズミだけが着実に売上を伸ばしている。グループの重要な収入源をイズミが支えているのは事実だ。

「しっかりおもてなしせえよ。こういう活動がアイドルの仕事にもつながっていくからな」

本当だろうか。もう何度も接待をしているが一度も現場の仕事につながったことはない。

こちらの疑問をよそに羽浦の鼻息は荒い。

「特に今日のお客さんはすごいぞ。お前らでも知ってるような人や」

白けた顔で窓の外を見ていたテルマが運転席に視線をよこした。

「誰なんです」

「それは会ってからのお楽しみ。俺の人脈のなかでもいちばんの大物やということだけ教えといたるわ」

車がさらに速度を上げる。道頓堀川《どうとんぼりがわ》を渡り、浪速区《なにわく》を抜けてほどなく、大阪有数の歓楽街である北新地に到着した。

接待の場所は料亭だった。

個室に案内されるとすでに客はいた。

羽浦が言った通りに大物だ。質量的な意味で。

客は体重三桁をゆうに超えているだろう男だった。鍛《きた》えられたものでなく、不摂生の産物であるのは一目瞭然だ。オーバーサイズのパーカーを着ているから余計にたるんで見える。ガマガエルそっくりのシルエットだった。

呆気《あっけ》にとられる私とテルマを横目に、羽浦がぺこぺこ頭を下げる。

「お待たせしてすみません。ほら、お前らもご挨拶して」

私は「こんばんは」と会釈し、テルマは「ばんは」と小さく発した。

ガマ男が座敷にあぐらをかいたまま私とテルマを見、頭からつま先までに素早く視線を這《は》わせた。女の値踏みに慣れた目つき。

テルマの愛想笑いは早くも崩れそうになっていた。大嫌いなタイプだと顔に書いてある。とても横にはつけられない。

私は指示される前にガマ男の隣に座った。対面に羽浦とテルマが腰を落とす。

客は二人だと聞いていたが、もう一人のほうは遅れているそうだ。

先にはじめようとガマ男が言い、接待がスタートした。

まずガマ男の経歴が羽浦の口から説明される。

東京でイベント会社を経営する社長であることを、羽浦が世界の偉人を語るかのように話す。私とテルマは「わあ」「すごい」と大げさに驚く。このあたりは恒例行事なので慣れたものだ。

たいしたことないよ、とガマ男は謙遜しながら顔はまんざらでもない。センターパートの髪は分け目のあたりがかなり薄く、脂ぎった肌はしわが目立つ。二十代のような恰好《かっこう》をしているが年齢は五十近いだろう。

私たちが席についたのを見計らって食前酒が運ばれてきた。

「このシャンパン、ヴーヴ・クリコですやん。こんなええやつ飲ませてもろてええんですか」

羽浦がオーバーにのけぞる。ガマ男がにっと乱杭歯《らんぐいば》を見せた。

「この店の魚料理にはヴーヴがよく合うんだよ」

「さすがですね社長。そういうの全然わからんからほんま憧れますわ」社長のときには決して見せない卑屈な態度だ。「お前らも感謝せえよ。こんなええシャンパン飲めるの社長のおかげやぞ」

見ず知らずのおじさんと飲む高級シャンパンより、家で飲む水道水のほうが好きです。なんて言えはしない。

私とテルマが感謝の言葉を口にし、羽浦がまたガマ男を褒めそやす。

どれもが白々しい。だというのにガマ男は満足げだ。

誰が聞いてもお世辞だとわかりそうなものだが気づかないのだろうか。それともすべて本心でないとわかったうえで愉しんでいるのか。

なんにせよ茶番だ。

料理が次々と運ばれ、それにあわせて酒も進んでいく。ガマ男はどんどん饒舌になった。

テルマは「へえ」「そっすね」「どうですかねえ」の三つしか喋らないので、私が聞き役となって会話を運ぶ。

「アイドルの仕事は大変だろ。いつも気持ち悪いオタクたちに愛想振りまいて」

「お客さんはいい人ばかりですよ。大変なこともあるけど仕事は楽しいです」

偏見に満ちた意見に私は定型文で答える。

「でもヤバい客だっているだろ。特典会とかで絡んでくる厄介なのもいるって聞くし。ルイは嫌な目にあったりしたことないの？」

「いえ、うちは運営がしっかりしているので」

皮肉をこめて羽浦を見たら、「お前ら守るのが俺の仕事や」と誇らしげに返された。あんこうの唐揚げを齧《かじ》るテルマがひそかに失笑した。

「たしかに変な虫が寄ってこないよう大人がしっかり守ってやらないとな。彼氏なんてできたら大問題だ」

イズミの顔と腹の痣が脳裏をよぎった。いまごろもう恋人と会っているのだろうか。無事に解決できればいいけど。

ガマ男の赤ら顔が近づいてきて思考は断ち切られた。

「ルイも客に言い寄られたことあるんじゃないの。そっち目的でライブ来るやつ多いらしいじゃん」

何気ない会話を装っているが表情の端々ににじむ卑《いや》しさは隠せていない。「そっち」の話に持っていきたいようだ。そういう話題は慣れているがライブ終わりの疲れた身体《からだ》で聞きたくない。

「ありえません。そういうことは一切ないです」

きっぱり答えると、ガマ男は意表をつかれたように目をしばたいた後、含み笑いをした。

「まあルイは言い寄られないか。アイドルのわりに吊《つ》り目で顔キツイし、黙ってたら恐《こえ》えもん。というかちょっと不気味」

がはがは笑う。できそこないのトウモロコシみたいな歯列から唾が飛んだ。

「目離れてるとこなんて爬虫類《はちゆうるい》っぽいよな。シンガポールで見たオオトカゲにそっくりだ」

「オオトカゲて。あれフォルムほぼ恐竜ですやん」

羽浦が追従して笑った。

大人たちが笑うなか、テルマはきっと口を結んでテーブルに目を落としている。

「トカゲみたいに舌も長いんじゃないの。ちょっと舌出してよ、舌」

そろそろ疲れた。私は何も言わずにガマ男を見る。

にやけていたガマ男はじょじょに口角を下げ、「冗談だって、冗談」ノリが悪いやつだとばかりに私の肩を叩いた。

触られた肩がずしりと重くなる。この空間だけ重力が大きくなったみたいだ。時間の流れまで遅く感じる。体感ではすでに半日ほど経過している気分だが、実際はまだ店に入って一時間弱しか経っていない。

今日は長くなりそうだ。

相対性理論に打ちのめされていると、個室の戸が開いた。

店員かと思ったがちがった。

「遅れてすみません」

ジャケットを着た長身の男が頭を下げて、個室に入ってくる。

すかさず羽浦が立ち上がって出迎えた。遅れていたもう一人の客らしい。

「おつかれさまです。仕事のほうはもう大丈夫なんですか」

「なんとか終わったよ。機材トラブルで収録ストップしたときはどうなるかと思った」

長身の男がマスクをとって素顔をさらす。

「えっ」テルマが驚いて男の顔を指した。「もしかして」

「おい、指さすな」羽浦がたしなめる。

男はやわらかに目を細め、

「はじめまして。河都《かわと》です」

爽やかに笑った。その笑顔は今朝の番組で見たのとまったく同じだった。

「うそ、待って待って。テレビとかに出てるあの河都さん？」

「あの河都さんやがな。時価総額一千億超えるユニコーン企業の代表で、メディアでも引っ張りだこの河都さんや」

「やば。有名人こんな至近距離で見んのはじめて」テルマの声が弾む。

「河都さんは俺の大学の先輩でな。音楽サークルで一緒やってん。いまも年一回は必ず会《お》うてる」

羽浦はこれ以上ないくらいに得意顔だ。

場が沸くなかで私はじっと河都を見た。

河都はインフルエンサーマーケティングを主軸とするＩＴ企業を経営する実業家だ。会社経営の傍らでテレビ番組のコメンテーターなど、精力的にメディア出演を行っている。

端整な顔立ちと穏やかな語り口はお茶の間での評判も高い。経営者らしい鋭い洞察力で社会問題を分析する一方で、茶目っ気のある親しみやすい人柄は幅広い層に支持されている。

とりわけ若い世代の支持は厚い。河都に憧れ、その生活スタイルや言動を真似る

「河都チルドレン」なる者まで現れるほどだ。

間違いなく羽浦の人脈のなかでいちばんの大物だろう。二人が知り合いだというのは知っていた。

でも、まさかこんなところに来るなんて。

「よう、河都くん。元気そうだな」

ガマ男が親しげに片手を上げた。どうやら面識があるらしい。

しかし河都はきょとんとして、「はあ、えっと、どうも」曖昧に会釈した。間違いなく相手を憶《おぼ》えていない。

ガマ男は何かもごもごと言って咳払《せきばら》いをした。耳が真っ赤なのはたぶん酒のせいじゃない。

そんなことはおかまいなしに河都は空いていた席に座る。

そして、私に微笑《ほほえ》みかけた。

「ひさしぶり、ルイ」

「おひさしぶりです」

「あまり驚いてないね。びっくりさせようと思って今日来ることは内緒にしてもらったのに」

「いや、びっくりしてますよ」かなり。

交わる視線の間にテルマがぴょこんと入りこんでくる。

「ルイと河都さんって知り合いなん？　なんで」

「ルイがまだ東京おる頃に知り合《お》うてん。ルイのバイト先に河都さんが何度か客で通ってたんや」

なぜか羽浦が説明してくれたので、私は黙ってうなずく。

「へえ。東京おる頃ってことはベビスタ入る前の話やんな」

「そう、ずっと昔の話」

私が言うと、河都はまた微笑んだ。その微笑みがどこか寂しげに見えたのはきっと思い過ごしだ。

「河都さんも来てくれたことですし、乾杯し直しましょか」

羽浦の号令で接待は再開した。

それからの時間はさっきまでと比べものにならないほど楽になった。

テルマがずっと喋ってくれるからだ。

「いままでどんな有名人と会いましたか」「テレビ番組の収録ってどんな感じなんですか」「めっちゃ肌きれいですけど化粧品どこの使ってるんですか」

芸能界に興味津々なテルマが質問を連発し、そのひとつひとつに河都はにこやかに答えた。

接待の場でテルマがこんなに話すのははじめてだ。むすっとして最低限の受け答えしかしない彼女が快活に笑っている。

「河都さんってテレビ越しでもシュッとしてるなあと思てましたけど、実物はさらにすごいですね。パク・ソジュンが来たんか思いましたよ」テルマは羨望のまなざしを向ける。「存在感というか、オーラえぐいです」

「社長っていうのはなんだかすごそうな雰囲気を出してふんぞり返るのが仕事だからね」

河都が冗談で返すと、羽浦が大真面目に否定した。

「何言うてはるんすか、河都さんは学生のときからオーラ半端やなかったですよ。演奏してるときなんてほんま痺れました」

羽浦は大学時代のバンドサークルの思い出を熱っぽく語る。機嫌をとるためのリップサービスではない。本心から河都を慕っているのがわかった。

いつもの空々しい接待とちがい、にぎやかで明るい空気だった。

それが面白くないのはガマ男だ。

ほとんど会話に参加せず、恥をかかせた河都をときおり睨《にら》みつけては酒をあおっている。

面目を潰されたガマ男のフォローは私の役目なのだろうが、静かに飲んでくれると助かるのでそのまま放置することにした。

私とガマ男が黙々とやっているなか、テーブル越しの三人はおおいに盛り上がっている。かなり寒暖差の激しい接待だ。

しばらくすると、仕事がどうたらつぶやいてガマ男は個室を出ていった。

ほどなくして羽浦もスマートフォンに電話がかかってきて席を外した。

室内は私とテルマと河都だけになる。

出ていった二人はなかなか戻ってこない。

話を振られても困る。

「ちょっと失礼します」

私は言い置いて席を立った。

廊下を歩き、突き当りにあるトイレに向かう。

すると男性トイレのほうから大きな声が漏れ聞こえてきた。

「どういうことだよ羽浦。せっかく時間作ってんのに失礼すぎやしねえか」

「すみません」

ガマ男と羽浦だ。

なかなか戻ってこないと思ったらトイレで話していたらしい。

「あの男、何なのまじで。わざわざ挨拶してやったのに無礼にも程があんだろ。ぽっと出の若造が粋がりやがって」

「河都さんも悪気あるわけやないんです。いろいろ仕事が立て込んでて疲れてはんねやと思います」

「おれだって仕事立て込んでるよ。暇みたいに言ってんじゃねえぞ。てか、女のほうも全然愛嬌《あいきょう》ねえんだけど。お前がいいのを揃えるって言うから来てやったのに」

「あいつらは緊張してるだけですよ。社長が相手やからアガッてるだけです」

「もういい。おれ帰るわ。もっと気持ちよく酒飲める店なんていくらでも知ってるしよ」

「いやいや待ってくださいって、社長」

バタバタと足音がした。そろそろトイレから出てきそうだ。

私は足早に廊下を引き返した。

すぐに個室に戻る気にはなれなかったから、いったん店の外に出る。

外はすっかり夜だった。繁華街は多くの人でにぎわっている。ホステスが同伴客と腕を組んで目の前を通り過ぎた。

私は狭い路地に入った。持っていたポーチから煙草とライターを取り出す。

ライターを擦《こす》って煙草《たばこ》に火をつけた。

たっぷりと煙を喫《す》いこんでから、ゆっくりと吐きだす。

白い煙が立ちのぼっていく。それを眺めていると、もやもやしていた気分がいくらかごまかせた。

どれだけ煙草が値上がりしても喫煙者がゼロにならない理由がよくわかる。

冷たい風が頬を切り、煙草をはさむ指がかじかむほどの寒さだった。それでもじっくりと煙草を喫った。

根本ぎりぎりまで喫ってから携帯灰皿に押しこむ。たてつづけに二本目に火をつけた。

ビルの壁にもたれて煙を吐きだしていると、ふいに足音が近づいてきた。

音のほうに顔を向ける。

現れたのは河都だった。無言で私の隣に並んで壁にもたれた。

何も言わないので私も何も言わずに煙草を喫いつづけた。

河都がおもむろに手を伸ばしてくる。私のくわえていた煙草をとり、自分の口に持っていった。

「大阪の暮らしには慣れた?」河都は紫煙をくゆらせる。

「それなりに。四年も住んでるから」仕事以外はほとんど家にいるけれど。

「それならよかった。アイドル活動のほうはどう?」

「毎日充実してるよ」

「嘘が下手だな」

そこで会話は途切れた。

私がぼんやり夜空を見上げる横で、河都は肩を震わせて煙草を喫う。

「寒いなら店に戻れば」

「このくらい平気だよ」

震えながら言われても。寒さが苦手なのは変わってない。

呆《あき》れとなつかしさを半々に感じていると、振動音がした。河都のズボンあたりからだ。

「電話じゃない？」

「あ、ほんとだ。身体の震えでバイブに気づかなかった」

河都は笑いながらスマートフォンを取り出したが、画面を見るとポケットに入れ直した。まだ振動音はつづいている。

「出なくていいの？」

「仕事の電話だから」

嘘が下手なのはそっちだよ。

私は煙草を奪い返して携帯灰皿に押しこみ、

「奥さんからの電話でしょ。煙草バレたらまた怒られるよ」

返事を待たずにその場を去った。

店に戻った私は少し驚いた。

テルマがガマ男の隣に座っていたのだ。

あんなに嫌がっていたのにどうして。

「ルイ、お前どこ行っててん。早よ座れ」

羽浦の指示で私もガマ男の隣に座った。

「お待たせしてすみませんね、社長。ここからはしっかりおもてなしさせてもらいますんで」

「おう、頼むぞ」

ガマ男が両隣の私とテルマの肩に手を回してくる。

一瞬テルマは嫌悪をあらわにしたが、すぐに作り笑いに戻った。

それでいい、と言いたげに羽浦がうなずく。

羽浦の命令か。私がいない間に、今後の仕事につなげるためにもっと愛想よくしろとか命じたのだろう。

グループに仕事が回ってくるのならとテルマは受け入れた。だから嫌いな男の隣に座ってボディータッチも我慢している。

さっきまで帰ると口にしていたガマ男はちゃっかり機嫌を良くしている。感心するほど単純だ。

「ちょっと次の店予約してきますわ」

羽浦がスマートフォン片手に立ち上がり、

「テルマ、社長のグラスが空やぞ。お注《つ》ぎせんかい」

個室を出ていった。

この次の店もあるのか。日をまたいだ接待になりそうだ。

テルマは作り笑いを引きつらせつつ、ぎこちない手つきでワインを注ごうした。

「ちがうちがう。ワインはこう注ぐんだ」

ガマ男が、テルマの手にふれる。

「注ぐ相手にボトルのラベルが見えるようにして、ボトルの下のほうを持つんだよ」

べたべたとテルマの手にさわりながらレクチャーする。

「へ、へえ、そうなんですかあ」

素肌に毛虫が這っているみたいにテルマは眉をしかめた。こみあげるものを喉元ぎりぎりでこらえている。

「もう大丈夫ですよ。ひとりで注げるんで」

「いやいや、しっかり指導してやるよ。まだ酒の席に慣れてないんだろ。子どもみたいな見た目どおりだな」

ガマ男が笑う。容姿をからかうコミュニケーションが好きな男だ。

「ははは」とテルマが口を開く。ただ音を発しているだけで愛想笑いにもなっていない。

そろそろ限界が近い。酌を代わったほうがいいな。

私が声をかけようとしたときだ。

「ここなんて中学生みたいじゃん」

いきなりガマ男がテルマの胸をわしづかみにした。

「な、何してんの。やめてください」

テルマが血相を変えて振り払う。

「なにマジのリアクションしてんだよ」悪びれることなくへらへらしている。「こんなの銀座だったら普通だぞ」

「ほな銀座行ってくださいよ。まだ新幹線あるでしょ」

「なんだその態度。胸さわったくらいでキレんなよ」

「いやいやキレるやろ。ほんま何考えてんの」

「テルマ」

私が呼びかけても止まらない。

「胸さわるとか普通に犯罪やし」

「は？　こっちは高い金払って飯食わしてやってんだぞ。ちょっとくらい見返りあっても罰《ばち》当たんねえだろ」

「そういうことはそういうお店でやってください。あたしアイドルなんで」

「なーにがアイドルだよ。無名の地下アイドルじゃねえか」

ガマ男が心底見下した顔つきになる。

「地下アイドルって自称すりゃ誰でもなれんだろ。コンビニバイトよりハードル低いじゃん。そんなやつが一丁前に値打ちこいてんじゃねえよ」

何かが切れる音が聞こえた気がした。

テルマがうすく笑う。本当に怒ったときの顔だ。

「金ちらつかせな女と飯も食われへんカスがほざくなボケッ」

怒声が個室に響いた。

ガマ男は呆気にとられ、私は頭を抱える。終わった。

「ほんまええ加減にせえよ。腐ったガマガエルみたいな顔しくさって」

テルマが立ち上がって吠《ほ》える。

「いい年こいたおっさんが若い女に鼻の下伸ばすだけでもキモイのに。性格も最悪とかほんまきしょい。隣おるだけでサブいぼ出たんやけど」

ガマ男は困惑しきりだ。「え、い、いやお前何言って」

「お前て誰に言うとんねん。お前にお前呼ばわりされる筋合いないわ」

声が一段と大きくなる。そろそろ店員がやって来そうだ。

「お前みたいなもんは母親の腹の中から人生やり直せ、どあほ！」

飛びかからんばかりのテルマの手をとり、「もう行こう」私は出口に向かった。

「こ、こんな真似して、どうなるかわかってんだろうな」

ガマ男が上ずった声をたてた。

私は個室の戸に手をかけたまま振り返る。

「テルマが失礼なことを言ってすみません。私も彼女と同じ気持ちです」

私とテルマが廊下を歩いていると、前方から羽浦がやってきた。

「なんの騒ぎや」

「もう帰ります。車に置いてある荷物取らせてください」

私が要件を伝えると、「は？」と羽浦がまなじりを吊り上げた。

「どういうことや。説明せえ」

「話は外に出てから」

私はテルマと並んで先をゆく。

羽浦はこちらをうかがう店員の目を気にして、黙ってついてきた。

店の近くにあるコインパーキングまで無言で歩いた。

「ここならええやろ。はよ話せ」

羽浦が自分の車に立ちふさがって言った。説明するまでは荷物も取らせてもらえない。

テルマは憮然《ぶぜん》として俯《うつむ》いている。

私が店で起きたことを説明した。

ガマ男の暴挙を聞き終えた羽浦は驚くでも怒るでもなく、

「そんだけ？」

こちらの正気を疑った。その程度でお前ら帰るつもりなのか。

「そんだけって何ですか。あたし胸さわられたんですよ。警察沙汰でしょこれ」

猛然と抗議するテルマに、羽浦はあっさりと答えた。

「そんなことで動いてたら警察官みんな過労死してまうて」

茶化してつづける。

「胸さわったいうのも物の弾みやろ。あの社長さんは男女問わずボディタッチ多い人やねん。スキンシップなんやから大目に見たれよ」

テルマが絶句する。

会話にならない。不毛だ。

「とにかく今日は帰らせてください。こんな状態で店には戻れないので」

私の発言を、羽浦は「アホか」と一蹴した。

「無理言うて食事会セッティングしたんやぞ。女二人は先に帰りましたなんて言えるわけないやろ。面目まるつぶれやんけ」

私たちより自分の面子が大事というわけだ。

「てかボディタッチなんて特典会とかで慣れてるやろ。そんな騒ぐことちゃうやんけ。とりあえず店戻ろうや、な。俺も一緒に社長に謝ったるから」

「なんでこっちが謝らなあかんの。頭下げるのは向こうやって」

テルマは悲痛に訴える。たまっていた不満が一気に噴き出す。

「前も言いましたけど、こういう接待とか絶対おかしいですって。あたしらアイドルですよ。ライブにレッスンにやることいっぱいあるでしょ。知りもせん会社の社長のお酌して何の意味があるんですか」

「仕事のためや。接待で関係つくって仕事につなげんねん」

「一回でもアイドルの仕事につながったことあります？　もう何べんも接待してますけど」

返答に窮した羽浦は乱暴に頭を掻《か》いた。

「いまはまだ仕込みの段階や。一朝一夕で仕事につながるほど簡単ちゃう」

「その仕込みいつ終わるんですか。というかそもそも、そういう仕事の取り方ってどうなんですか。お偉いさんに媚《こ》びて仕事もらうとか、そんなんヨゴレやん」

「ヨゴレの何が悪いねん」目を剝いて睨《ね》めつける。「汚れてでも仕事とってみいや」

はじめて聞く社長の怒鳴り声に場は凍りついた。

自分の声でさらに興奮した羽浦が顔を真っ赤にしてがなる。

「お前ら状況わかってんのか。ライブの客数も収益もどんどん減ってる。うちのグループはイズミひとりで保《も》ってるようなもんや。このままじゃお前らただのお荷物やぞ。そこちゃんと理解できてるか」

嫌というほど理解している。私も、テルマも。

「胸さわられたくらいでぎゃあぎゃあ騒ぐな。アイドルつづけたいなら使えるもんは全部使え。身体でも何でも使って仕事とってこい」

テルマが息をのむ気配がした。横顔に様々な感情が渦巻いている。

「それは、あのおっさんと寝てでも仕事もらえってことですか」

かすれた声で問う。

羽浦は鼻で笑った。

「別にええやん。減るもんちゃうし」

テルマの目が異様に吊り上がる。歯ぎしりの音が聞こえた次の瞬間、大きく右手を振り上げた。

だめだ、と思ったときにはすでに右手は振り抜かれていた。

頬を打つ乾いた音が駐車場に響く。

何もかもが動きを止めた。

羽浦も私も、殴ったテルマさえ微動だにせず固まった。

何が起こったのか理解できなかったからだ。

三人とも無言のまま、突然現れた河都を見ている。

静寂のなか、河都は頬をさすって微笑んだ。

「いいビンタだ」

そこでようやく河都が羽浦をかばい、テルマのビンタを受けたのだと理解する。駐車場に向かう私たちを見かけて後を追ってきたのだろう。

思わぬ人物の登場で一触即発の空気は霧散した。

ぎりぎりのところで修羅場をまぬがれた。

「あの、河都さん、大丈夫ですか。すみません」

テルマがたどたどしく謝罪する。激情は当惑に変わっていた。

「謝らないでくれ。きみは何も悪くない」

河都は穏やかに言い、羽浦のほうに向き直った。

「羽浦、今日はもうお開きにしよう」

「いや、でも」

羽浦は口ごもるが、河都に肩をやさしく叩かれると、目を伏せてうなずいた。

車からキャリーケースを取り出した私とテルマに、「気をつけて帰って」河都はタクシー代として三万円ずつを渡した。

「二人ともライブ終わりで疲れているところありがとう。このお礼はあらためてするよ」

見送られて私とテルマは駐車場を出た。

振り返ると、河都がまだ手を振っていた。その横で羽浦はずっとうなだれたままでいた。


「ほんまええ人やったな、河都さん」

テルマがしみじみと言う。

その隣で私はホットコーヒーをすすった。

大通りから外れた往来は人もまばらだ。

タクシーを拾って帰宅しようとしたら、「ちょっと茶しばかへん」とテルマに誘われた。

というわけでコンビニでホットコーヒーを買い、店前でキャリーケースを椅子にして茶をしばくことにした。

テルマはすっかり落ち着きを取り戻し、今日会った有名人の話題を繰り返している。

「タクシー代に三万円ずつくれるとか河都さん気前良すぎひん。あれぞまさに社長やわ。腕時計もばり高いやつしてたで、つるとんたん、みたいな名前の時計メーカーのやつ」

「ヴァシュロン・コンスタンタンじゃない」

私が言うと、テルマは大きく首肯した。

「それそれ。この前テレビで観てんけど、あそこの時計って五百万とか平気でするらしいやん。時間確認するために五百万やで、五百万。とんでもない世界やな」

「ほんとに。時を巻き戻せるくらいの機能がないと割に合わない」

アイドルとしての月収が十万円に満たない私たちには理解の及ばない世界だ。

「てかルイさあ、なんで河都さんと知り合いやったの言うてくれへんかったん」

「わざわざ言うほどのことじゃないよ。昔の知り合いだし」

数か月だけ一緒に暮らしたことはある。過去の話だ。

「ルイが東京おった頃のバイト先で知り合ったって言うてたやんな。それってラウンジ？」

「うん。私が働いていたラウンジに客で来てた」

私がラウンジ嬢として河都の接客をしたのが出会いだった。そのあと河都から紹介された仕事で私は東京の家を出る資金を貯《た》め、彼の勧めでベイビー★スターライトのオーディションを受けた。

いまの自分があるのは河都によるところが大きい。嬉《うれ》しくはない。

「河都さんもラウンジとか行くねんな。なんていうか、ちょっとショック」

テルマが苦笑いした。彼女は性を切り売りする水商売を軽蔑《けいべつ》している節がある。

「まあとにかく今日は河都さんおってくれてよかったよ。あの人が仲裁してくれんかったらほんまにヤバかった」

「間違いなく修羅場だったね」

「ほんまそれ。原形なくなるまで羽浦さんのことシバキ倒すとこやったわ」

「それはやりすぎ」

「冗談やって」

あんなやり取りを見た後じゃ冗談に聞こえない。

「マジで目まいするくらい腹立ったけど、羽浦さんが切羽詰まってるのはわかってるしな。事務所の経営かなり危ないいんやろ」

「みんな辞めちゃったからね」

羽浦の事務所にはかつて複数のアイドルグループが所属していた。それらのグループが集まって合同ライブをすることで客を集め、互いのファンを増やす。それが事務所の手法だった。

仕事はうまく回っていたと思う。事務所主催の合同ライブを開催すればチケット完売もめずらしくなかったし、ワンマンライブでコンスタントに百人を超える客を集め、大きなアイドルフェスに招かれるグループもいた。

いくつものアイドルグループを立ち上げた羽浦は優秀な社長兼プロデューサーだと評されていた。

しかし感染症の世界的大流行で状況は一変した。

ライブすらできない状況が長くつづいた結果、ファンは離れていった。

離れたのはファンだけじゃない。事務所に所属するアイドルもどんどん減った。別事務所のグループに移籍したり、アイドルを引退したり。

同僚たちはみな去ってゆき、私とテルマだけが残った。

そこにイズミが加入して、現在のベイビー★スターライトになった。いまや羽浦がプロデュースする唯一のグループだ。

着実に成長していた中堅事務所は、この数年で弱小事務所になり果てた。

「羽浦さんとあんなケンカするなんて夢にも思わんかったなあ。オーディション受かったときは、あの羽浦さんがプロデュースするグループ入れたってめっちゃ喜んだのに」

テルマは星ひとつない夜空を仰ぐ。その姿は十九歳という年齢より幼く見えた。

ふと訊いてみたくなる。

私がいまだ答えを出せない問いに、テルマはどう答えるだろう。

「テルマは何のためにアイドルやってるの」

「天下とるため」

即答だ。

「戦国大名みたいな理由だね」

「だってそれがベビスタの目標やろ」

テルマが言う通り、〝関西からアイドル界のてっぺんに〟を合言葉にベイビー★スターライトは結成された。

「そのためにあたしらは高く険しいアイドル山を登ってるわけやん」

「そうだね」

上を目指すという理由はシンプルで真っ当だ。現に有象無象のアイドルたちが燦然《さんぜん》と輝く頂を目指している。

「まあ山を登れば登るほど、てっぺんのえげつない高さにビビるけど」

これもまた多くのアイドルが感じることだろう。

ライブハウスに数十人の観客を集めることに苦心している側からすれば、ドームに数万人を集めてしまうトップアイドルは次元がちがう。

「いま私たちは山の何合目なんくらいだろう」

「ベビスタの現在地か。そやなあ」テルマは思案顔でコーヒーを含む。「四合目あたりを山のふもとで眺めてるとこ」

「一歩も登ってなかった」

小さく笑い合う。

「山のふもとは言い過ぎやけど、途方もなく遠いのは間違いないわ」

「たしかに」正確な距離すら摑《つか》めない。

「それでも登るのをやめられへん。楽しいことよりしんどくて大変なことのほうが何百倍もあるのに。ほんまアイドルって罪な職業やで」

テルマは困ったように笑う。

「いまでもはっきり思いだせるよ、ベビスタに入ってはじめてステージに立ったときのこと。スポットライトがぱあっと自分を照らして、お客さんの歓声を全身に受けてさ。ほんまに言葉にできへん体験やった。あのとき思てん。あたしはもう二度とここから離れられへんなって」

ステージには魅力を超えた魔性が潜んでいる。その魔性に数多《あまた》の者が魅入られている。だから辛酸を舐めるような毎日だろうともステージを離れられない。

まばゆいステージはアイドルにとって至福を実感できる聖域であり、一度足を踏み入れたら抜け出せない泥沼でもある。

「ベビスタはもうすぐ結成四年。ここが正念場やわな。来月の結成記念ライブだけは絶対に成功させなあかん」

「うん」と私は首肯した。「ひさしぶりのワンマンだからね」

他グループとの対バンライブが主活動の私たちにとって、自分たちだけで開催するワンマンライブは一大イベントだ。既存客はもちろん、新規を呼び込む上でとても重要になる。

新しいファンがついてグループの調子が上向くのか、それともファンが離れてさらに落ちていくのか。ライブの成否が今後を左右するといっていい。

「もし来月の結成記念ライブが上手くいかんかったら、いよいよまずいで。そっから挽回《ばんかい》すんのは正味かなり厳しいよな。あたしも十九でもう若ないし」

二十歳でおばさんと言われるのがアイドルの世界だ。私は今年で二十三になる。

「せやけど肝心のセンターがあれじゃなあ。あの子、グループの今後なんて何ひとつ考えてへんやろ」

テルマがしかめ面になる。イズミの話をするときはいつもこうだ。

「今日だってあたしらが接待で嫌な思いしてるときも、あの子だけお家でのんびりお休みやろ。たまらんな、ほんま」

「イズミは接待のことも知らないんだからしかたないよ」

それにのんびりはしていない。暴力を振るう恋人と話し合いをしていたはずだ。決して気楽なものではない。私たちよりも嫌な思いをしたかもしれない。

けれどその事実をテルマには言えない。イズミ本人から固く口止めされている。

「あの子いまごろ床暖のあったかい部屋でハーゲンダッツでも食べてんちゃうか。ライブの出来がひどかったことも忘れて笑てんねやろな」

考えられへん、とため息をつく。

「ええよなー何の苦労もなく生きてるやつは」

「そんなことないって」

やや語調が強くなった。

テルマがうろんな目を向けてくる。

「イズミだって苦労してるよ。いろいろ大変だと思う」

当たり障りのない返答でごまかしたのがいけなかった。

「あの子のどこが大変なん？」

抑揚のない声だった。

「顔小さいくせに並行二重の目は大きくて、肌は完璧なブルベ冬で、笑けるぐらいEライン綺麗《きれい》で、びっくりするくらい足細くて、大阪の一等地に住んでて、名門のお嬢様大学通ってて、デパコスぽんぽん買《こ》うて、茶飲みたなったらこんなコンビニ前の野ざらしやなくてスタバで期間限定フラペチーノ飲む子のどこが大変なん？」

テルマは淡々と口だけを動かす。

「あの子は全部持ってる。宝くじの一等に当たるレベルの幸運を毎日受け取って平然と生きてる。地下アイドルなんてあの子にとってはしょせん遊びやろ。本気出したらもっと上目指せるのにライブもテキトーにやってへらへらしてる。あたしらが必死で歯食いしばってやってきたアイドル活動はあの子にとってしょせん就活のエピソード作りやん。そんな子のどこが大変なん？」

イズミは容姿も家柄も学歴もある。彼女にとって地下アイドルはめずらしいアルバイトのような感覚だと思う。モラトリアムを刺激的に消費するための材料だ。

イズミが悪いわけじゃない。そんな子はたくさんいるし、そういう気軽さは地下アイドルの魅力でもある。

けれど学生生活の思い出作りにアイドルを利用され、未来への踏み台にされることがテルマには耐えられない。

十六で家出同然に実家を出て、頼る身よりのないテルマはアイドル活動にすべてを懸けている。アイドル以外に寄る辺がない。

一方のイズミは親の庇護《ひご》のもと、順風満帆な生活を送っている。アイドルに人生を懸けずとも明るい未来が約束されている。

そんな女が覚悟もなしにグループのセンターを務め、歌もダンスもできないのにファンを増やしていることがテルマには我慢ならない。何よりもそんな女がグループを支えているという現実が受け入れがたい。

イズミは無責任にまぶしい。

青春を謳歌《おうか》し将来を約束された女は、光明であり劇薬だ。

イズミが放つ光は観客を惹きつけながら、同じステージに立つ者に自分の影の暗さを思い知らせる。

イズミの存在を誰より疎み、その才能を誰より認めているのはきっとテルマだ。

「べらべら喋ってごめん。酒飲み過ぎたわ」

アルコールのせいじゃないのは互いにわかっている。テルマも私も接待で飲んだ酒はシャンパン一杯だけだ。

「こんなこと話せるのルイだけ。あたしの仲間はルイだけやから」

切実な声を私は黙って聞いた。

仲間だと思ってくれるのは、私が愚かで哀れだからだ。

水商売で性を切り売りし、アイドルの適齢期を過ぎた女は、反面教師であり安定剤だ。

〝こうなってはいけない〟と自分を戒めると同時に、〝まだ下がいる〟と安心できる。

私はテルマにとってそういう存在だ。

だからテルマは私にやさしい。

コンビニからスーツ姿の女性が出てくる。女性は店前に居座る私たちを怪訝《けげん》な顔で一瞥《いちべつ》し足早に通り過ぎた。

「野良犬ばりに警戒されてるやん。こっちはアイドルやねんけど」

テルマは乾いた笑いをこぼし、「なあ、ルイ」虚空を見つめた。

「あたしらもう終わったんかなあ？」

「終わってないよ」

はじまりもしなかったんだ。

私の言葉を慰めと勘違いしたのかテルマは自嘲《じちょう》気味に口を歪《ゆが》めた。

「羽浦はそう考えてないで。あたしらはアイドルとして終わったと思ってる」

社長を呼び捨てにする声に明確な敵意を感じた。

「接待も台無しにしてもうたし、あたしら切り捨てられるかもな。枝毛みたいに簡単にすぱっと。センターだけ残してメンバー入れ替えとかやったら最悪すぎて笑ける」

「考えすぎだよ。さすがに羽浦さんもそんなことしないって」

嘘だ。充分ありえる。私たち二人がグループのお荷物だと羽浦は断じた。代わりの人材が見つかれば躊躇《ちゅうちょ》なく切り捨てるだろう。

「あたしは羽浦を信じてアイドルやってきた。不満も腹立つことも腐るほどあったけど、グループのためにずっと尽くしてきた。それやのにもし羽浦があたしを切り捨てたりしたら、裏切ったりしたら――あたし自分でも何するかわからん」

驚くほど冷たい声だった。

その不穏に反して表情は落ち着いている。それがより危うさを際立たせた。

「そろそろ帰るわ」

テルマが椅子代わりのキャリーケースから立ち上がる。コーヒーの紙コップをコンビニ前のゴミ箱に捨てた。

「一緒に帰ろうよ」

ひとりにさせないほうがいい。そばにいるべきだと思った。

立ち上がりかけた私に、テルマはかぶりを振る。

「ごめん。ひとりになりたい」

静かながら有無を言わせぬ口調だった。

「そっか、うん。おつかれ」

私は半端に腰を上げたまま返す。

テルマは何も答えずにキャリーケースを引いて歩いていく。ごろごろと車輪がアスファルトを転がる音は遠ざかり、やがて聞こえなくなった。

追いかけるべきだろうか。いや、追ったところで拒絶されるだけだ。

私はもう一度キャリーケースに腰を落とした。コーヒーを一口する。

コーヒーはすっかり冷めていて、苦みだけがいつまでも舌に残った。

まだ電車がある時間だったので私は地下鉄に乗って自宅に帰った。

化粧を落とし、シャワーを浴び、部屋着のスウェットに着替える。

あとは寝るだけだ。でもまだ眠る気にはなれなかった。

私はベッドに腰かけて煙草に火をつけた。煙を吐きながら考える。

自分の将来。今後の身の振り方について。

煙草を一本吸い終える前に結論は出た。

アイドルを辞めよう。

今年で二十三歳。人生を方向転換するにはいい年齢だ。

転換したところで明るい将来が待っているわけではない。高校中退で運転免許くらいしか資格がない私の社会復帰は前途多難だ。

けれどアイドルをやる理由も答えられず、ライブのたびに息苦しさを覚える人間がこれ以上ステージに立ちつづける道理はない。

もともとアイドルに憧れがあったわけじゃない。オーディションに受かったから惰性で活動していただけだ。

テルマの言葉を借りるならば、私にはアイドルとしての覚悟がない。

来月はグループ結成四周年の記念ライブがある。そこで引退するのがちょうど良いタイミングだろう。

私は煙草の火を灰皿でもみ消した。ベッドに倒れて天井を見上げる。

ふいにテルマとイズミの顔が頭をよぎった。私がいなくなったらグループはどうなるだろう。二人はうまくやっていけるだろうか。

いや、現状うまくいっていないのだから私がいようがいまいが関係ないか。私が脱退したところで二人は何も思わないだろう。ただ同じグループで活動しているだけの関係だ。最古参のメンバーがひとり去ったところで支障はない。

そう思うのにいつまでも彼女たちの顔がちらつく。だから無理やりに目を閉じた。

とたんに今日一日の疲れが一気に押し寄せた。

すぐに意識は途絶える。

――家族の夢を見た。

なつかしい実家のリビングに両親と妹がいる。三人とも笑っている。

私はそれを離れたところから眺める。仲睦《なかむつ》まじい家族の姿にとても嬉《うれ》しくなる。

私は家族のもとに駆けだした。だがうまくいかない。足は動いているのに前に進まない。必死に腕を振って足を動かす。やはり進まない。しだいに息が苦しくなる。怖くなって助けを求める。

両親と妹は気づかず笑っている。

私は苦しさに悶《もだ》える。息ができない。恐怖に叫んだ。

それでも届かない。

私は――

振動音で目が覚める。

私はベッドから飛び起きた。時計を見る。一時間も経っていない。汗を吸ったスウェットが背中にへばりつく。

呼吸を整えながら音のほうに目をやる。サイドテーブルに置いたスマートフォンが小刻みに震えていた。電話だ。

スマートフォンの画面に表示された名前を見た瞬間、悪い予感がした。

数秒迷い、スマートフォンに手を伸ばす。「もしもし」

『どうしよう』

逼迫《ひっぱく》した声。相手の異常を察するには充分だった。

私はスマートフォンを耳に当てたまま立ち上がる。

『どうしよう——羽浦さんが』

ああ。スマートフォンを強く握りしめた。

ちがいますように。予感が外れていますように。

『羽浦さんが動かん』

目の前が真っ暗になった。無意識に目をつぶったのだと遅れて気づく。

倒れ伏す社長の姿がまぶたに浮かんだ。

激しい混乱のなか、やっぱり、とも思った。

頭の片隅でこうなるのではないかと危惧していた。社長とメンバーの間で取り返しのつかない問題が起きるのではないかと。

ただひとつ予想外だったのは。

電話の相手がイズミだったことだ。

事務所にいるとイズミは言った。

私はタクシーに乗って現場に向かった。

二十分ほどでマンションに到着した。エレベーターはまだ故障中だった。七階の事務所までを階段で駆け上がる。

事務所に鍵はかかっていなかった。

私は深呼吸を一度して玄関のドアを開けた。

三和土《たたき》に見覚えのある靴が二足あった。

羽浦のラバーソールシューズと、イズミのショートブーツだ。

私はひっそりとした廊下を見やる。廊下の先にある部屋から照明の光が漏れている。

「すみません、ルイです。入っていいですか」

返事はない。耳鳴りがするほどの静寂だ。

けれど人の気配はする。たしかにここにいる。

私は廊下をゆっくり進んだ。靴下越しに床の冷たさが伝わる。一歩踏むたびに鼓動が早まる。

十歩に満たない距離がとても長く感じた。

私はドアノブを握る。いぜんとして室内は不気味に静かだ。ドアを開けた瞬間、得体のしれない何かが襲いかかってきそうな妄想がよぎる。

――開けてしまえば後戻りはできない。

もうひとりの自分が語りかけてくる。

だから答えた。

——戻りたい道はとっくの昔に失った。

私は意を決してドアノブを右に回す。たやすくドアは開いた。

ドアの向こうにはいつもの事務所があった。

大きなミーティングテーブルが置かれた二十畳ぐらいのリビングスペースは、ぱっと見は企業の会議室のようだ。

いつでもここでクライアントと商談できるように、と羽浦が時間をかけて内装を考えたのだ。置くものひとつひとつにこだわってかなりの金を使っていた。私が知る限り、訪ねてくるクライアントはなかったけれど。

そんなこだわり抜いた事務所の真ん中に、羽浦は倒れていた。海外から買い付けたミーティングテーブルのそばで仰向《あおむ》けに倒れていた。

半日を開き、真っ赤に腫れあがった顔から舌が垂れている。ぴくりとも動かない。

間違いなく死んでいた。

もしかしたら電話は悪質な冗談かもと思っていた。願っていた。その線は完全に消え失せた。

私は静かに羽浦の死体を見る。大きな衝撃に打ちのめされて取り乱すことはない。

自分でも意外なほど冷静だった。

　事務所を見回すと、部屋のすみにイズミはいた。膝を抱えてうつむいている。長い髪に隠れて表情は見えないが彼女は生きている。その事実に安堵《あんど》した。

「イズミ」

　私は歩み寄り、膝を折って目線をイズミと合わせた。

　イズミがおもむろに顔を上げ、どこかぼんやりとした表情でこちらを見る。私は思わずぎょっとした。

　イズミの目元に痛々しい痣ができていた。

「大丈夫？」

　尋ねると、イズミはかすかにうなずいて口を開いた。

「夜話し合うことになってたから、事務所来たら、羽浦さんすごい酔ってて、全然ちゃんと話せんくて、揉めて、もう別れるって言ったら殴られて」

　ぽつぽつと語られる言葉に私はひどく驚いた。

　イズミの恋人は羽浦だったのか。アイドルと社長が付き合うのはありえない話ではないが、まったく気づかなかった。

　徹底して隠していたのだろう。二十近くも離れた社長との恋愛を好意的に受けいれる者はまずいない。

だからイズミは打ち明けられなかった。あんなに不安そうだったのに恋人との話し合いに私が同席することを断った。

私はイズミの肩にそっと手を置いた。

「羽浦さんに殴られた後、何があったの」

「わたしが逃げようとしたら揉みあいになった。そしたら羽浦さんがテーブルに頭ぶつけて気失って。起きたら絶対殺されると思った。やからすごい怖なって、パニックで、もうわけわからんなって、気づいたら羽浦さんが――」

口をつぐんで震えだす。

私は振り返って羽浦を観察した。首がただれたように赤くなっている。手で絞められた跡だ。

気絶した羽浦に馬乗りになって首を絞めるイズミの姿が頭に浮かび、背筋がすっと冷える。

と、倒れた羽浦の傍らに何かが落ちているのが見えた。数粒の錠剤だ。有名なキャラクターを模したカラフルな錠剤だった。

間違いない。合成麻薬だ。

「あの錠剤は羽浦さんの？」

「うん。飲まされそうになった。気分良くなるからって」

羽浦は薬に手を出していたらしい。それをイズミにまで強要した。薬を飲ませて何をするつもりだったのか。考えたくもない。

私たちの社長はそこまで堕《お》ちていたのか。

怒りより悲しみが強かった。まだ事務所の調子が良かったころ、事務所主催のライブを取り仕切る羽浦は生き生きとしていた。予想を上回る盛り上がりをみせてライブが終了したあの日、「みんなのおかげです。ありがとう」と羽浦は笑った。あの笑顔はたしかに本物だった。

数年後、事務所で死ぬなんて夢にも思わなかっただろう。変色して腫れあがった羽浦の顔は永遠に静止している。

窓の外、マンション下の道路から集団のはしゃぐ声がした。相当酔っているらしい。七階まで聞こえるほどの音量だ。

騒ぎ楽しむ声を私はじっと聞いた。目の前でイズミが震えている。背後で羽浦が死んでいる。はしゃぎ声はしだいに遠のいていく。

いつまでも途方に暮れているわけにはいかない。

私は立ち上がろうとした。そのときだ。

「なにこれ」

声がした。心臓を摑まれたように身体が跳ねる。誰。振り返った。

部屋の入口にテルマが立っていた。急いで階段を上がったのか、ダウンジャケットを脇に抱えて息を乱している。

どうしてテルマがここに。

そうか、イズミだ。イズミはテルマにも電話していたんだ。険悪な仲にあるテルマに助けを求めるほど、イズミは動転していたらしい。

テルマがおぼつかない足取りで部屋に入ってくる。小柄な身体をふらふら揺らし時間をかけて私たちの前に来ると、もう一度言った。

「なにこれ」

「羽浦さんが死んだ」

私は見ればわかることを答える。殺されたとは言えなかった。

テルマは絶句して羽浦の死体を見、それからイズミを睨んだ。

「あんたがやったんやな」

イズミはただ震えている。それが何よりの答えだ。

「社長と裏で付き合って、別れ話もつれた結果がこれか」

経緯はすでに電話で聞いているらしい。

テルマは静かにイズミを見下ろす。嵐の前の静けさに思えた。感情が高ぶると彼女は何をするかわからない。

テルマが一歩前に踏み出す。私はとっさに身構えた。

だが思っていたようなことにはならなかった。

テルマは自分のダウンジャケットをイズミに羽織らせたのだ。いたわるようなその手つきに、責めるそぶりは一切なかった。

「あんたがやらんかったら、あたしがやってた」

イズミは何が起きたのかわからない様子で固まっている。

私は唖然《あぜん》と立ち尽くす。

「どうする」

テルマは誰とも目を合わせずに訊いた。

「羽浦さんどうしよか」

状況的には通報だ。救急と、警察に。

——そんな常識は求めていない。

いままでに見たことのないほど真剣なテルマの面持ちがそう語っている。

「あたしは三人でアイドルつづけたい」

三人で。

羽浦の殺害が明るみになればそれは不可能だ。

いくら先に殴られたとはいえ、イズミは気を失った無抵抗の相手を絞め殺した。罪に問われ然るべき罰を受けるだろう。アイドルをつづけられるはずがない。

それでもテルマは三人でやりたいと宣言した。

重い沈黙が降りる。

一瞬にも一生にも思える時間だった。

沈黙を破ったのはイズミだ。

「わたしも」

震えながら告げた。

「アイドルつづけたい」

イズミとテルマは顔を見合わせ、示し合わせたように私を見た。

アイドルであるために道に背けということか。こっちはもうやめるつもりだったのに。

すがるような二人のまなざしに私は背を向けた。そのまま部屋を出て廊下を引き返す。

「ちょっと。どこ行くねん」

足音が追いかけてくる。

私は玄関で立ち止まった。外につながるドアに鍵はかかっていない。ドアに手を伸ばす。

「ルイ」

懇願するように二人が呼ぶ。

振り向いて彼女たちを見た。いまにも泣き出しそうに切実な表情。どこかあどけなさも残っている。まだ二人とも十九歳の少女だった。

そんな彼女たちの姿が呼び起こす。固く封じていた記憶があふれだす。

私は瞑目《めいもく》して息を吐いた。

もう一度ドアに手を伸ばし——鍵とドアチェーンをかける。

「誰も入ってこないようにしないと。ここから先は絶対見られちゃいけない」

私は廊下のほうに向き直り、テルマとイズミを真っすぐに見据える。

「二人の意思はわかった。アイドルをつづけよう」

いまこの瞬間こそ運命の分かれ道だ。

だからはっきりと声にする。

「羽浦さんを消そう」


私たち三人がアイドルをつづけるには、イズミの罪を隠し通すことが絶対条件だ。

羽浦を殺した事実が露呈してはならない。

そのためにどうすればいいか。

このまま犯行現場から逃げ出す。いちばんだめだ。すぐに捕まる。

じゃあ現場の証拠を消して逃げ出す。これもだめだ。素人の証拠隠滅など警察はたやすく看破する。

殺人事件として警察に捜査されれば罪を隠し通すのはほぼ不可能だ。

だったら殺人そのものを隠すほかない。

死体が見つからなければ殺人事件にはならない。

だから羽浦を消す。

私たちがアイドルでありつづけるために。

「消すって、どうやって」

テルマが小声で尋ねてくる。

「羽浦さんを解体する」

「カイタイ」異国の言語のように発した。「それは、どういう意味」

「言葉通りの意味。羽浦さんの身体を細かく分けて、自然に帰す」

オブラートに包んだが場の空気が変わった。

「無理無理無理、絶対に無理。解体てそんな。マグロちゃうねんから」

テルマは髪が乱れるほど首を横に振り、

「いや、わかるで。たしかに、か、解体して捨てるなり流すなりすれば死体を完璧に

「素人の女三人じゃできへんやろ」

知らんけど、と付け足す。イズミが青ざめた顔で首肯した。

解体は私たちにできるもっとも確実な遺体の処理法だが、この様子だと二人は賛同してくれそうにない。精神的な負担が大きすぎる。

ならばもうひとつの案だ。

「じゃあ山に埋めよう」

それなら素人の女三人にもできる。完璧に消せはしないが、解体よりも負担はずっと小さい。ただし問題がある。

「あたしもそれがええと思う。でも、どこの山に埋めるん」

そこだ。もちろん人が入ってこない山がいい。誰にも見つからず掘り返される心配のない山だ。そんな場所あるのだろうか。あったとしても探し出すのに相当な時間がかかるだろう。私たちには一刻の猶予もない。

とにかく移動しながら探すしかないか。

場当たり的な計画を考えていたら、ぽそりとつぶやきが聞こえた。

「おじいちゃんの山」

イズミがぱっと顔を上げる。

「わたしのおじいちゃんが持ってる山なら大丈夫やと思う。あそこなら誰も来うへん」

思わぬところから光が差した。

「その山どこにあるの」

「京都と兵庫の県境あたり。ここからやと車で一時間半くらいかな」

「それなら夜のうちにたどり着けるね」申し分ない距離だ。「そこにしよう。イズミのおじいさんの山に行こう」

「さすが金持ち。じいちゃんに感謝しいや」

テルマがイズミの背をぽんと叩く。

普段なら絶対にありえない行動だ。

イズミはかすかに頬をゆるめたが、笑っている状況ではないと思ったのか、すぐ真顔に戻った。

「ほな目的地も決まったし、いますぐ行こか。下の駐車場に事務所の車置いてるやんな。あの車で高速ぶっとばしたら日付変わる前に着くやろ」

車の鍵を探そうとするテルマを私は制止した。

「事務所の車はドライブレコーダーが付いてるからやめとこう。もし後から映像を見られたらまずい」

「ああ、そやな。ほんなら車どうする」

「レンタカーで行く。上本町《うえほんまち》のほうに二十四時間営業の店があるから」

レンタカーも証拠として残るが、事務所の車を使うよりはましだ。

私はスマートフォンでレンタカー会社を検索しつつ、

「二人はこの事務所に大きなキャリーケースとかないか探してみて。羽浦さんを隠して運べるものが欲しい」

百七十センチ弱の人間が入るほどの大きな容れ物が2LDKの事務所にある可能性は相当に低いが、隠して運ぶ容れ物は必要不可欠だ。

「わかった。あっちの部屋探してみるわ」

テルマがイズミをともなって羽浦の私室に向かう。

私は、二人が探している間にレンタカーのサイト経由で今日から三日間ワンボックスカーを予約した。これで移動手段は確保できた。

「キャリーケースならあったけど」

部屋から戻ってきた二人の顔は冴えない。

「これじゃあ無理やんな」

テルマがキャリーケースを持ち上げる。二泊程度の旅行にちょうどいいサイズで、とうてい死体は収められそうにない。

「羽浦さんが持ってるキャリーこれだけやと思う。これ以上大きなカバンは見たことない」とイズミ。

「そっちの部屋は?」

私はまだ二人が入ってないほうの部屋を指した。

「そっちは羽浦さんの趣味の部屋。楽器とCDが置いてあるだけで他は何もないよ」

一応もうひとつの部屋を開けて確認してみた。イズミが言うようにCDを収めた棚がずらりと並び、壁際にベースが三本立てかけられているだけだった。

「もう隠さずにこのまま運べばよくない? 車の中に入れてまえば見つからんやろ」

テルマの提案に私はかぶりを振った。

「車に運ぶまでがいちばん危ないよ。マンションの七階から一階まで住人に見つからないように階段で移動しなきゃならない」

「そっか、エレベーター使われへんのか。最悪」

マンションのエレベーターは夕方からずっと故障中だ。羽浦の死体は階段で運ばざるをえない。一階まで下りるにはかなりの時間を要するだろう。

その間、他の住人も階段を使うことは充分に考えられる。死体を隠さずに運ぶのはリスクが高すぎる。

どうする。いったん事務所の外に出て容れ物を買いに行くか。でも大人が入るような大きな物が売っているだろうか。キャリーケースであれば容量百リットルを超える大型サイズが必要だろう。

時刻はもう深夜にさしかかろうかとしている。開いている店も少ない状況で見つけ出せるのか。

羽浦の死体を前に、私は黙考する。

隣でテルマはうなだれている。

「どうしよう、ルイ」

イズミがおずおずと尋ねた。

その声で私は無意識に今日一日の出来事を思い返す。

ライブ、ファンに叱《しか》られた特典会、帰りの車内、接待、河都との再会、羽浦との口論、テルマと会話したコンビニ前。

脳内に様々なシーンが再生される。

なぜいまこの状況で。そう感じながらも私は思考を止めない。自分の何かが訴えていた。

記憶のなかに現状を打開するヒントがある。

大脳辺縁系が焼き切れるくらいに考える。探す。

そして見つけた。

「ストレイキャッツ」

私はささやく。羽浦が敬愛するバンドだ。

もう一度、趣味の部屋を開けた。ＣＤ棚と楽器が整然と置かれている。

「どないしたん」「何かあった」

後ろから二人も部屋を覗《のぞ》いた。

「あれ」

私は部屋の奥にある楽器を指す。

ストレイキャッツのベーシストと同じ楽器——ウッドベースだ。

コントラバスとも呼ばれる楽器の全長は、百七十センチの私よりも大きい。

「あのウッドベースを入れるケースになら羽浦さんも入る」

「なるほど」「たしかに」

後ろで声が上がり、

「でもそんな大きいケースなんて持ってんのかな。見当たらんけど」

「持ってると思う」

いまも音楽スタジオを借りて定期的に演奏していると言っていた。だとすればスタジオまで持ち運ぶときに専用ケースを使うはずだ。

私は部屋に入り、クローゼットを開けた。中にはアンプやエフェクターの機材が置かれている。そのすみにウッドベースのケースがしまわれていた。

クローゼットからケースを取り出す。ナイロン製のソフトケースは思っていた以上に重みがある。かなり年季が入っており、背負って運ぶためのショルダーストラップは破損していた。けれど充分だ。

ケースは見上げるほど大きく、私がすっぽり収まるサイズだった。

「ええやん。これならいけるな」

テルマがぱんと手を叩く。イズミはほっと息をついた。

容れ物は見つかった。あとはここに羽浦を入れるだけだ。

私たちはリビングスペースに戻り、ケースを羽浦の死体の横に広げた。

ウッドベースの構造を模したケースは、ボディ部分が横にふくらみ、ネック部分にいくほど細くなっている。

「ケースのネック側に下半身を入れて、ボディ側に上半身が収まるようにしよう」

「了解」

テルマが極力死体を見ないよう目を伏せて応じた。

「ケース入れる前に固定しといたほうがいいかも」イズミがデスクにあった布テープを取る。「身体にテープ巻いとけば安定するよね」

膝を抱えて震えていたのが幻覚だったかのようにイズミは冷静だ。落ち着きを取り戻したのか、あまりに現実離れした出来事に感情が麻痺《まひ》したのか。どちらにせよやることが山積みのいまは頼りになる。

私たちは、羽浦の両手首と両足首をテープで巻いて固定してから、それぞれの位置についた。

私が羽浦の両肩、テルマが胴体、イズミが両足を摑み、

「せえの」

一気に持ち上げた。

両腕にずしりと重みが伝わる。三人がかりでも死体は重い。

刺激臭が鼻腔《びこう》をついた。排泄物《はいせつぶつ》の臭いだ。首を絞められたときに失禁したらしい。

「もうちょっと高く持って」「ゆっくり、ゆっくりな」「足から入れるよ」

声をかけ合いながら羽浦をケースに入れる。ファスナーはだいぶ傷んでいたが何とか閉じることができた。

羽浦は完全に隠せた。ケースを注視すれば楽器らしからぬ膨らみ方をしているが、そこはしかたない。

ようやく運ぶ手はずが整った。次は移動だ。

「テルマ、免許持ってるよね？　レンタカー取りに行ってくれない。私とイズミは事務所を片付けておくから」

「わかった。急いで行ってくるわ」

死体と一緒にいたくないのだろう。テルマは駆け足気味に玄関に向かった。が、立

ち止まる。「ごめん、手持ちがちょっと」

「ああ、じゃあ――」

「わたしが払うよ」

財布を出そうとした私を制して、イズミが五万円近いレンタカー代を手渡した。

「あんた、いっつもこんな大金持ち歩いてんの？」

「ぜんぶお年玉。お正月に親戚の集まりがあったから」

「お年玉か。一回ももろたことないわ」

テルマは現金をしげしげと眺めて事務所を出ていった。

「いまのうちにここを片付けよう。レンタカーが来たらすぐ出発できるように」

といっても室内は散らかっていなかった。羽浦はデスクで頭を打ったそうだが血痕も見当たらない。

窓を開けて換気をしつつ、一通り床を拭けばいいだろう。私とイズミの二人がかりでやればすぐに終わる。

段取りを考えていたらスマートフォンが振動した。テルマからの電話だ。

『ルイ、ヤバいかも』

開口一番に告げた。

「どうしたの」

『いま階段で一階まで降りてんけど』息が荒い。『エントランスにカメラある。これヤバいよな』

「防犯カメラか」

失念していた。マンションのエントランスには防犯カメラが設置されている。

いくら羽浦を楽器ケースに入れて運ぶとはいえ、運ぶところをカメラに撮られるのはまずい。後々カメラの映像を調べられれば私たちは疑われる。

防犯カメラに映らずにマンションの外に出る方法はないだろうか。

「外階段のほうはどう」屋内階段とは別に裏口につながる外階段がある。「裏口はカメラがないんじゃない?」

『ちょっと待って』

スマートフォンから足音だけが届く。

返答を待つ私を、イズミが固唾をのんで見守る。

『あかん。裏口もカメラあるわ』

正面、裏口ともにカメラは設置されている。

マンションを出るには防犯カメラを何とかしなくてはならない。

きびしい。外に出ようとするだけでこんなに大変なのか。問題を解決したと思ったらまた別の問題が発生する。まだまだやるべきことが山積しているというのに。

それだけ私たちがやろうとしていることは無謀で危険なのだ。

けれどやめるつもりはない。

「防犯カメラはこっちで対処する。テルマはレンタカーを借りにいって」

電話を切ってイズミに向き直った。

「私は一階に降りてカメラを確認してくる。イズミは事務所を片付けて。できる？」

黒目がちの瞳は不安に揺らいでいる。心配だ。

「安心して。私が何とかする。大丈夫だから」

何ら根拠のないセリフに我ながら鼻白む。

けれどイズミは深くうなずいた。

「うん。ルイのこと信じてる」

やめてよ。そんなこと言われたら絶対に何とかしなきゃいけなくなる。

「鍵とチェーン忘れずにね。また連絡する」

私はなかば階段を飛び降りるようにして一階まで下りた。

黄色っぽい照明に照らされたエントランスは静かで冷え冷えとしている。

防犯カメラは天井のすみに設置されていた。どんな悪事も見逃しませんとばかりにエントランス全体を睥睨《へいげい》している。

やはりエントランスから出るのは無理だ。どうやってもカメラに映る。

私は外階段のほうに移動して、裏口の防犯カメラをチェックした。

こっちもだめだ。出入口がちゃんと撮れるように設置されている。

内心で舌打ちして頭上を見た。

防犯カメラはこちらの一挙手一投足を見逃すまいと鎮座している。何にも知らないくせにいい気なものだ。

叩き壊そうか。待て。強攻策は危険だ。衝動をこらえて冷静に対処法を検討しなければならない。

深呼吸を一度した。

まずこの防犯カメラについて調べてみよう。

私はスマートフォンを取り出して、防犯カメラの写真を撮った。その写真を画像検索用のアプリで調べてみる。

数秒で防犯カメラの商品名から製造メーカーに価格までが判明した。

次に製造メーカーの公式サイトを開き、防犯カメラの商品ページをチェックした。

屋外でも使える、フルハイビジョンの高画質、夜間・暗い場所の撮影もばっちり
――監視する側にはなんとも頼もしい商品特徴を読み進めていく。

SDカードの録画時間は最長で六百時間。日にちにして二十五日。その時間が経過すればSDカードに記憶された映像は上書きされる。

つまり約一か月経てば、私たちの映像は確認できなくなる。

だったらカメラはこのまま放置して映像が上書きされるのを待とうか。

だめだ。一か月はあまりに長い。マンションから住人がいなくなれば、まず防犯カメラを確認される。

どうする。どうすればいい。

焦る気持ちを抑えて説明書を読む。

すると、ある文言が目に飛びこんだ。

画面をスクロールする指を止めて、ゆっくり文字を追う。

これならひょっとして。いや、早合点するな。確証が必要だ。

防犯カメラの取扱説明書をダウンロードして詳細を確認する。

さらに私は頭上にある防犯カメラの構造をもう一度観察した。

やはり間違いない。

スマートフォンで電話をかける。呼び出し音が鳴った瞬間にイズミはでた。

「カメラ何とかできそう」

必要なものを伝えて電話を切る。

ほどなくしてイズミが一階の裏口に現れた。

「何とかできるってほんと？」

イズミは首をかしげた。

「ほんと。あのカメラ、SDレコーダー式だから」

カメラを指差す。あまりに言葉足らずだったのでイズミは首をかしげた。

「この防犯カメラは撮影した映像をSDカードに保存するタイプなんだよ」

「へえ。防犯カメラの映像ってハードディスクとかクラウドに保存されてるんやと思ってた」

「私も」だから手出しができないと思った。「SDカード式のカメラは設置が簡単だから結構人気らしい。ただ、デメリットもあるみたい。カメラに内臓されたSDカードを失くしちゃうと撮影した映像を確認できなくなる」

イズミが瞠目《どうもく》する。「ってことは」

「あの防犯カメラからSDカードを抜けば誰も映像を確認することはできない。私たちは問題なくマンションの外に出られる」

「やから電話で脚立がいるって言うたんか」

イズミは事務所から持ってきた脚立をかかげた。

「うん。脚立がないとカメラに届かないから」

私は周囲に人がいないのを確認する。

「誰か来ないうちにSDカードを抜こう」

「うん。どのへんに脚立置こか」

私とイズミはカメラの斜め下あたりに脚立を配置した。

「じゃあ上るよ」

私は、イズミに支えてもらった脚立を一段ずつそっと上がる。一気に視線が高くなる。

脚立のいちばん上に立って天井のカメラを見た。触れられる距離だ。身体のバランスを崩さないようそろりと手を伸ばす。

「届きそう？」とイズミ。

「ぎりぎり」私はめいっぱいに手を伸ばす。「届かない」

カメラには触れられるがＳＤカードスロットまで届かない。

つま先を立てて腕を伸ばす。まだ届かない。身体がぐらつく。

「大丈夫？」

「なんとか」

私は限界までつま先を立てる。あと少し。筋が痛むくらいに腕を伸ばす。届いた。

腕が攣《つ》りそうになりながらも、カメラ本体の背面に手を伸ばしてカードスロットを指で押す。スロットからカードが出たのを指先で確かめ、そのカードを慎重に抜く。

「取れた」

と同時に身体のバランスが崩れた。つま先立ちのまま脚立の上でふらつく。脚立が揺れる。身体が大きく傾く。頭から後ろに倒れていく。

「危ないっ」

イズミが私を抱きとめるように支えてくれた。

「ありがとう」

私は体勢を立て直して、手のひらのカードを見た。

「64GB」と書かれたSDカード。それには質量以上の重みがあった。この64GBに私たちの命運がかかっている。

私はSDカードを慎重な手つきでポケットにしまった。

「これで裏口のカメラは無効化できた。あとはエントランスのカメラだね」

エントランスの防犯カメラには今夜私たちが事務所を訪れた映像が残っている。おそらく羽浦とイズミが事務所に上がっていく様子も残っている。確実に排除せねばならない証拠だ。

エントランスは裏口と比べて住人と出会う確率が高い。

住人と出くわしたときに平静を装えるのか、不審に思われるのではないかと危惧したけれど、幸いにも住人がエントランスに現れることはなかった。

先ほどと同じように脚立を使って防犯カメラのSDカードを抜き取る。裏口のときよりもカメラの位置が低かったのでスムーズに作業は終了した。

私は二枚のＳＤカードをポケットに収め、イズミと一緒に事務所に戻った。

それから数十分後、レンタカーを借りたテルマが帰ってきた。

死体を運ぶ容れ物を用意し、監視の目も潰した。

準備はできた。

あとは羽浦を消すだけだ。


「外階段を使って裏口から出よう。エントランスよりも人と会う可能性は低いはず」

私の言葉に、テルマとイズミは真剣に耳を傾けている。

事務所の中で私たちは計画の最終確認をしていた。

「まずベースケースを車に運ぶ」

私は羽浦の死体が入ったベースケースを一瞥し、

「その後で羽浦さんの私物を車に積む」

床に置いたキャリーケースを指した。

ケースの中には羽浦の衣類が数着、さらにバッテリーを抜いた羽浦のスマートフォンとパソコンを入れている。どちらも調べられたら困る機器だ。死体と一緒に消す。

「移動中はマンションの住人に注意して。防犯カメラは無効化したけど、人に見られるのは避けたい」

「不審に思われたら厄介やもんな。時間も時間やし」テルマが相づちを打つ。

「なにより荷物が特徴的だからね」

夜の遅い時間に大きな楽器ケースを運ぶ女三人組は目立つ。

カメラの映像だけでなく人の記憶にも残ってはいけない。

「荷物をぜんぶ車に乗せたら山に向かう」

私は話を区切って尋ねた。

「何か質問は」

テルマがかぶりを振る。

「いい？」

ずっと黙っていたイズミが小さく発した。目を伏せて逡巡《しゅんじゅん》するような間をとってから言う。

「二人とも本当にいいの？」

不明瞭な質問。けれど何を訊いているかは察せた。

私とテルマは黙ってイズミを見つめる。

「まだ間に合うよ」

イズミが玄関のほうを指した。

「あのドアを出ていけばまだ間に合うよ。ここから先はわたしひとりでやる。今夜二人が事務所に来たことは絶対に誰にも話さん」

殴られた目元は腫れ上がり、その奥にある目は昏《くら》い覚悟をたたえている。

本気だ。いま私たちが出ていったとしても、イズミはひとりでやり抜き、今夜のすべてを隠し通すつもりだ。

「アホか」

テルマが強い調子で一蹴した。

「いまさら何言うてんねん」

「いましかないから言うてるんやん」

イズミはさらに強く返した。

事務所の空気がぴんと張りつめる。

「ごめん。でもこれ以上わたしと一緒におったら取り返しつかへんなるから。いまやったらまだ二人は戻れる。普通のままでおれるよ」

沈黙が流れた。

死体遺棄、犯罪ほう助、証拠隠滅——

私たちが犯す罪が頭に浮かぶ。

二度と普通にはなれない。

「本気で言うてんの？」

テルマはさとすような口調になる。

「あんたひとりでやるとして、まず死体はどうやって運ぶん？　羽浦さん痩せてるけど、それでもたぶん六十キロ近くあるで」

「運ぶ。どうにかして」

「山に埋めるのは？　人間がすっぽり埋まる穴掘んのがどんだけ大変かなんて幼稚園児でも知ってるよ。それもあんたひとりでやんの？」

「やる。何とかして」

「無理やって。あんたがいちばんわかってるやろ」

「でも」

「デモもストライキもない。ひとりでどうこうできる状況ちゃうて。人間を消すいうのはとんでもなく過酷な作業やろ。こっちも腹くくってんねん。それやのにあんたがそんなことでどうすんの」

「やけど、やっぱり二人を巻きこまれへんよ。——ごめん、わたしが電話して呼んだくせに、ほんまごめん。でも、わたしなんかとこれ以上一緒におらんほうがいい。わたしは取り返しのつかんことをした。人の命を奪ってしまったから」

イズミの痛ましい痣、怯《おび》えた顔、床に散らばった合成麻薬。

奪った。

ちがう。イズミが奪ったんじゃない。

「奪ったのは向こうでしょ」

私はきっぱりと告げた。

「イズミは取り返しただけだよ」

何度も殴られ、急所に痣が残るほどの暴力を振るわれ、恐怖に怯え、薬物まで飲まされそうになった。

自由、気位、尊厳――

多くのものを奪われた。

イズミはそれらを取り返しただけだ。

「だから何も奪ってなんかない」

テルマが力強くうなずいた。イズミは呆《ほう》けたように固まっている。

私は息を吸って言い継ぐ。

「イズミが私たちを巻きこみたくないって気持ちはよくわかった。だけど、私たちもイズミひとりに背負わせることはできない。知ってしまった以上、見て見ぬふりはできないよ。だから誰も抜けたりしない。三人でやる。アイドルをつづけるために」

強要されたわけでも脅迫されたわけでもない。

私は自分の意思でいまここに立っている。

「そうそう。これはぜんぶグループ存続のため」

テルマがイズミの肩に手を置いた。

「あんたひとりが責任や負い目を感じることちゃう。ぜんぶあたしら三人のもんや」

「本当にいいの？」イズミの声はかすれている。「もう普通には戻れんよ」

「あほ。普通の女の子になりたないからアイドルやっとんねん」

「テルマの言う通り」

イズミはまばたきもせずに私たちを見つめる。白い頬を涙がすっと流れた。

「――ありがとう」

「泣きなや」

「これ使って」

私はティッシュを手渡した。

イズミはティッシュで目尻を拭い、洟《はなみず》をかむと、

「ごめん。もう大丈夫」

痣と涙で目元はぐしゃぐしゃだが、目から昏い光が消えた。

「それじゃあ、あらためて訊くけど」

私は二人を見る。

「準備はいい？」

テルマとイズミは重々しくうなずいた。

「行こう」

それが合図だった。

私たちは静かに行動を開始する。

三人でベースケースを持って玄関を出た。背負うためのショルダーストラップは壊れているので手で持って運ぶ。

外は冷たい風が吹いていた。

極力足音を立てないように共用廊下を歩き、外階段に向かう。

「足元に気をつけて」「急やなこの階段」「ゆっくり、ゆっくりね」

ひそめた声をかけ合って外階段を下りる。

誰にも見つからぬよう一刻も早く車へ運ばねばならない。

けれどとにかく死体は重い。三人がかりでも持ち運ぶのは困難で、少しでも力を緩めれば落としそうになる。階段を駆け下りるなんてとても無理だ。

私はケース越しに羽浦の後頭部の感触を感じながら、慎重に一段ずつ階段を下りていく。

三階にさしかかるころにはすっかり息が上がり、身体は汗ばんでいた。

「あと少しだよ。がんばって」

私は小声で鼓舞した。

「腕震えてきた」「指とれそう」

荒い息を吐きながら二人が答える。かなりきつそうだが一階までは何とか持ちこたえられるだろう。

私はケースを持つ手に力をこめて、階段を踏み外さぬよう進む。

ふいに近くの幹線道路からバイクのエンジン音が聞こえた。信号待ちの最中にエンジンをふかしているのか、耳をつんざく轟音《ごうおん》が響き渡る。

普段なら迷惑な騒音もいまはありがたい。私たちの物音をかき消してくれる。

バイクがひときわ大きくいななき、エンジン音がじょじょに遠ざかっていく。バイクが走り去ると夜はまた静かになった。

すると聞こえた。

かん、かん、かん。

戦慄が走った。私たちは無言で顔を見合わせる。

足音だ。誰かが階段を上がってきている。

バイクの音で近づく足音にまったく気づけなかった。おそらく住人だ。もうすぐそこまで迫っている。

このままでは鉢合わせだ。

どうする。とにかく階段を上がってどこかに身を隠すしかない。
考えることは三人とも同じだった。
私たちはいっせいに上階に引き返す。だが焦るあまり動きはバラバラだった。
急な方向転換でそれぞれがバランスを崩した。
まずい。そう思ったときにはすでに三人の手はケースから離れていた。
六十キロ近くの物体が入ったケースが地面に落ちる。楽器とは思えない鈍い音がした。
「ん？」
階下で男の低い声がした。さらに足音が近づく。
早く。早くしないと。
私はケースに手を伸ばそうとして、凍りついた。
ケースから羽浦の腕がはみ出ている。
落ちた衝撃で傷んでいたファスナーが完全に壊れたらしい。
ケースを閉じていたファスナーが開き、そこから羽浦の腕がだらりと垂れている。
私は羽浦の腕を無理やりケースに押しこんだ。
「どないしたん」
背中に男の声が聞こえた。

テルマとイズミが上の階を見上げた姿勢のまま固まる。その背中から激しい動揺が伝わった。

間に合わなかった。見つかってしまった。

私は落胆しながらも頭を回転させる。

女三人が階段の半ばで立往生しているから声をかけただけだ。まさか死体を運んでいるとは思っていないはずだ。

どう答えればいい。どうごまかせば切り抜けられる。

「俺はいま家帰ってるとこやけど」

こちらが返答する前に男は言った。

妙だ。訊いてもいないのに。

私は振り返って声の主を見た。

そこに男の姿はなかった。階下の踊り場に人影だけが見えた。

「まじで。難波《なんば》で飲んでんの？」

どうやら電話がかかってきたらしい。踊り場で立ち止まって話している。

「全然ええよ。いけるいける。すぐ行くわ」

通話を終えた男は鼻歌まじりに階段を下りていった。

かん、かん、かん。

足音がじょじょに離れていく。

私たちは息を殺してそれを聞いた。

ほどなくして足音は聞こえなくなった。

一言も交わすことなく私たちはケースに手を伸ばす。

ケースを持ち直し、また階段を下りはじめた。

「五年ぐらい寿命縮んだ」

テルマがぼそっとつぶやいた。

その後は住人とニアミスすることなく裏口に到着できた。

通行人がいないのを確認して、裏口近くに停めたレンタカーにケースを運び入れる。

借りたのはワンボックス車だったのでスペースに困ることはなかった。

後部シートを倒せば羽浦の死体が入った大きなケースも難なく収まった。壊れたファスナーはガムテープで応急処置した。運転中に死体が出てきたら一大事だ。

それからまた事務所に戻り、羽浦の私物が入ったキャリーケースを車に載せた。

運ぶ物はすべて積み終えた。

カーナビで目的地の山周辺までのルートを検索する。到着予定時刻は一時間半後だった。

「出すよ」

私はエンジンをかけて車を発進させた。

ワンボックス車がひと気のない路地を走り出す。バックミラーで後方を確認すると、暗闇にそびえる通天閣が見えた。

「何とかなったな。危なかったけど」

後部座席のテルマは窓にくっつくようにして座っている。真横にある死体の入ったケースと少しでも距離をとりたいのだろう。

「ほんとに危なかった」

助手席のイズミが長い息をついた。

先ほどまでぴんと張りつめていた空気はいくぶん弛緩《しかん》した。

疲労こそあるが車内では人の目や足音に警戒しなくてもいい。精神的にかなり楽になった。

私は車内の暖房を調節して言った。

「二人ともいまのうちに休んでて。山に着いてからが本番だから」

死体を運ぶよりもずっと骨の折れる作業が待っている。

「ルイもしんどなったら言いや。運転代わるし」

テルマが声をかけてくる。私とテルマは事務所の車を運転させられることが多かったから運転にはそこそこ慣れている。

「わたしは免許持ってないから、道案内しっかりやる」

イズミは地図アプリを表示させたスマートフォンをかかげた。

「頼むで。山までの詳しい道知ってるのイズミだけやから」

「うん。任せて」

二人のやり取りを聞きながら、私はハンドルを切って交差点を右折する。

はじめてだな、と思った。

テルマがイズミの名前を呼ぶのをはじめて聞いた。


深夜の道路は空いていた。

だが決してアクセルを踏みこまず、一定のスピードを保ち、慎重に慎重を重ねて運転した。

少しでも早く山に着きたいが、死体を乗せた車で事故を起こしたらおしまいだ。

普段は何気なくしている車線変更や高速の合流にも細心の注意を払った。対向車とすれちがうたび、後続車に追い抜かれるたび、ぶつかるのではと落ち着かなかった。

神経をすり減らしながら移動している最中に、目的地である山のことをイズミから聞いた。

イズミの祖父が知人から購入した山で、面積はおよそ八ヘクタール。だいたい甲子《こうし》園球場二個分ぐらいの敷地だ。

イズミが小さい頃は家族でのキャンプや紅葉狩りのレジャーで利用していたが、ここ数年はほとんど訪れていないらしい。

一時期は手放すことを検討したものの山林の買い手は非常に少なく、希望者は現れなかった。資産価値が低いということで自治体への寄付も受け付けてもらえなかった。家屋のない山林ということで税金などの維持費はほとんどかからないので放置してある状態だという。

何かを隠すにはうってつけの場所だ。

車で阪神《はんしん》高速をひたすら北上し、一般道に降りる。

そこからさらに数十キロ走ると建物はじょじょに減り、文明の明かりは途絶えた。車は山間の道をひた走る。周囲に民家はなく、他に車もない。

ヘッドライトが暗闇を丸く剝ぎ取り、夜の底を進んでいく。前方には飲み込まれるような暗黒が広がっていた。恐怖はなかった。私たちのことを包み隠してくれるようで安心した。

「近い。もうすぐ着くよ。次の分かれ道を左折」

イズミがスマートフォンと窓の外を交互に見る。

テルマは後部席から身を乗り出して、イズミのスマートフォンを覗きこんだ。

「分かれ道は一キロぐらい先やな」

「わかった」

私は車を減速させる。

やがて分かれ道が現れた。左折してさらに山道を上がる。

ほどなくしてイズミが前方を指差した。

「着いた。あそこがうちの山の入口」

指差す先には車一台がやっと通れるくらいの細い道と、〈私有地につき立ち入り禁止〉の立て看板があった。

「この道を直進して」

イズミの指示に従って私有地に入る。ワンボックス車の横幅とほぼ変わらない狭い道を最徐行で進むと、少し開けた場所に出た。

「車で入れるのはここまで」

イズミが言った。

車を停める。ライトが照らす先にプレハブの物置がある。

「物置にいろいろ道具置いてるから」

「じゃあ取りに行こうか」

私はエンジンを切って車から降りる。

外はひどく寒かった。身体の芯から冷える夜気だ。

「寒っ。ここほんまに関西？」

「いまの気温、氷点下三度やって」

車から出た二人は白い息をはいて腕をさすった。

イズミが物置の扉に据えられたダイヤル式のキーボックスから鍵を取り出し、物置を開けた。とたんにかび臭いこもった空気が漂う。

スマートフォンのライトで物置の中を照らす。スコップ、ヘッドライト、軍手と必要な道具は揃っていた。

私たちは各々が道具を持って物置を出た。

残る作業はあとひとつ。

「どこに埋める」

「向こうにいい場所がある。ちょっと歩くけど」

イズミが物置の裏手にある真っ暗な森を指した。

「案内して」

「うん。ついてきて」

イズミが歩きだす。

「あんな暗い森ん中入んのか。キッツいなあ」

テルマがため息交じりに独りごちた。

「どうする。ここで待ってる？」

私の提案にテルマはかぶりを振った。

「いや、行く」背後の車を一瞥する。「ひとりでここ残るほうがキツい」

イズミを先頭にして私たちは森に分け入った。

月明りも届かない森は冷たく、闇の密度がいっそう濃い。

スマートフォンのライトだけを頼りに墨をぶちまけたような暗黒の森をゆく。

枝葉が頰をかすめ、蜘蛛《くも》の巣が顔にかかり、木の根や石に足をとられる。そのたびに私はぎょっとした。テルマは何度か悲鳴をあげた。

先導するイズミだけはたしかな足取りで歩を進めた。小さい頃から訪れている場所だからだろうか。たぶんそれだけじゃない。腹をくくったんだ。私たちを巻きこんだからこそ絶対にやり抜くと。

「着いたよ」

イズミがスマートフォンのライトで周囲を照らす。その一帯だけ木が密生しておらず、ぽっかりと空白地帯になっていた。ここなら木の根に邪魔されることなく掘り起こせる。

私は地面を踏んで感触を確かめてみた。軟らかい。弾力のある黒土だ。持ってきたスコップを地面に刺す。難なく掘ることができた。

「ここならいけそうだね。荷物を持ってこよう」

スコップを地面に刺したまま、私たちは暗い森を引き返し、車を停めた場所に戻った。

車のトランクを開けて、羽浦の死体が入ったケースを車外に出す。

「こっちはどうする」

テルマが車内のキャリーケースを指した。ケースの中には羽浦のスマートフォンとパソコンが入っている。

「キャリーは持っていかない」私はトランクを閉めた。「別の場所で処分する。楽器ケースも一緒に」

電子機器は物理的に破壊してから捨てたほうがいい。

私たちは装着したヘッドライトを点灯させた。

せえの、の掛け声でケースを持ち上げて、再び森に踏み入る。

死体を運びながら深夜の森を移動するのはマンションよりずっと過酷だった。

マンションの階段のように大きい段差こそないが、木や石といった障害物がとにかく多い悪路だ。ヘッドライトの光で足元を照らして慎重に進むけれど、何度も足をとられ、死体を落としかけた。

埋める場所に着いたときには三人とも汗だくだった。膝から崩れるように地面に腰を落とし、荒い呼吸を繰り返す。

呼吸が落ち着いたところで私は立ち上がった。

「やろうか」

地面に突き刺したスコップを取る。

テルマとイズミもスコップを手にした。

それからはひたすらに穴を掘った。スコップを刺し、地面を抉《えぐ》り、土を取り除く。女の力でもたやすく地面は掘れた。三人がかりでやれば夜明け前に穴ができあがるだろう。

無心でスコップを動かす。作業に没頭する。

暗い森に三人の呼吸音と土を掘り返す音だけがつづく。

二時間ほどで作業は終わった。

縦一メートル七十、横と深さは八十センチ程度の穴ができた。

「でっかいなあ」

テルマが穴を覗きこむ。

「これで大丈夫かな？」

イズミが私に問いかける。

「私が入れるから大丈夫だと思う」

同じぐらいの背丈の羽浦なら問題ない。

できることならもっと深い穴を掘りたいが、これ以上の深さを掘るには道具と時間と技術が足りなかった。

「じゃあ埋めるよ」

三人でケースを引きずるようにして穴のすぐそばに運んだ。

「埋める前に羽浦さんを出そうか」

私はケースをあごでしゃくった。

「なんで。このままじゃあかんの」

テルマの顔が引きつる。死体を見たくないのだ。

「ケースに入れたままだと白骨化するのが遅くなるかもしれない」

首に残る殺害の痕跡は一秒でも早く消したい。

「じゃあ出して埋めよ」

イズミがスコップの刃でファスナーを補強していたガムテープを剝がす。ケースが開き、身体の一部があらわになった。

三人で一斉にケースを持ち上げて、死体を穴に落とす。

何の抵抗もなく羽浦は穴に転がり落ちた。後頭部を地面でしたたかに打っても無言で仰向いている。服を脱がそうかと思ったが、すでに硬直がはじまっているのでやめた。

羽浦の長い前髪が乱れて額があらわになっていた。額には大きなほくろがある。そのほくろが羽浦はコンプレックスだったらしく、いつも前髪で隠していた。

私はスコップですくった土を、羽浦の額にかけた。すぐにほくろは見えなくなった。ただのタンパク質の塊になった羽浦に土をかぶせる。

彼は死んだ。いまになって強く実感した。

羽浦との思い出がよみがえる。

いい思い出ではない。無茶な仕事を振られたり、チェキの売上に小言を言われたりとか、そんな記憶だ。ろくなもんじゃない。

けれども胸はざわついた。

私たちは社長の死体を埋めている。誰にも見つからぬよう消し去ろうとしている。

許されない罪を犯している。

テルマがえずいた。

イズミは血が出るほど強く唇を噛んでスコップを動かしている。

黙々と土をかぶせつづけた。

埋め終えた後、土を踏み固め、他の部分と見分けがつかないように地面をならした。

さらに埋めた箇所が目立たないように落ち葉や枝を一帯にばらまいた。できることはこれくらいだろう。

作業はすべて終わった。

私たちはうなずき合うと、無言でその場をあとにした。

物置に道具を戻してから車に乗りこむ。

私は運転席に座ってエンジンをかけた。車を切り返して出口に向かう。

アクセルを踏みながら、運転席の横の窓を少し開けた。ポーチから煙草を取り出して火をつける。開けた窓の隙間に煙を吹きかけたところではっとした。

二人といるときは喫わないようにしていたのに。まったく無意識の喫煙だった。

私は車内を流し見た。テルマとイズミはぐったりとシートにもたれている。

メンバーの喫煙に驚くこともなければ、煙草を煙たがってもいない。ただ精魂尽き果てた様子でぐったりしている。

私は立てつづけに煙草を三本吸った。

車内は沈黙に包まれていた。誰一人言葉を発することなく山道を下った。

「風呂入りたい」

テルマが口を開いたのは明け方だった。

車はそろそろ大阪市内に入ろうとしている。

「汗と泥で身体ぐずぐずや」

「たしかに。どろどろで気持ち悪い」

イズミが自分の首筋にふれた。

「どっか風呂入れるとこないんかな」

「いまの時間はきびしそう」イズミがスマートフォンを操作する。「検索しても開いてるお風呂屋さん出てこんし」

家に帰ってから風呂に入ればいいのでは、と思ったが、一人になりたくないのだろう。気持ちはわかる。それに今後の話をしておきたいから、まだ解散するわけにはいかない。

「ド早朝やもんなあ」テルマは後部シートに寝転んだ。「こんな時間にやってる風呂屋ないわな」

「あるよ」

私はブレーキを踏みながら言った。車が赤信号の前で停まる。

テルマが起き上がった。

「どこ」

「私の家の近くに早朝営業してる銭湯がある」

店の名前を言い添えた。

「ほんまや。もう営業してる」

イズミがスマートフォンの画面を私たちに見せてくる。

「行こ」

テルマが言うと同時に信号は青になった。

私はアクセルを踏んで新しい目的地を目指した。

銭湯には二十分足らずで到着した。

でかでかと「ゆ」の一文字が書かれたのれんをくぐり、私たちは店内に入った。

銅像のように微動だにせず番台に座るおばあさんに入浴料を支払い、脱衣場に向かう。

まだ日ものぼっていない早朝とあって脱衣場に先客はいなかった。

「貸し切りやん」

テルマの声が少し弾む。

「ここ穴場なんだよ」

何度か利用したことがあるが、いつ来ても空いている。

「ちょっとお手洗いいってくる」

先入ってて、とイズミは脱衣場すみにあるトイレのドアを閉めた。

私とテルマは並んで服を脱いだ。

やっと二人になれたので私はずっと気になっていたことを尋ねる。

「どうしてイズミを助けたの」

三人でアイドルをつづけたい。

テルマのこの言葉がなければ私たちは別の選択をしていたかもしれない。羽浦を埋めてなかったかもしれない。

罪を犯してまでイズミを助けた理由は何なのか。

取り返しのつかないことをしてでも三人でアイドルをつづけたいと言った彼女の真意が知りたかった。

「自分でもようわからん」

テルマはシャツを脱ぎながら言った。

「最初に電話で話聞いたときは通報しようと思てんけどな。同じグループのメンバーが社長殺したなんて。どう考えてもあたしらの手に負えることとちゃう。警察の仕事や」

やけど、と言い継ぐ。

「事務所でイズミと会ったら考えてたこと全部吹き飛んでもうてん。顔に痣つくって震えてるイズミ見たら何も言えんなった。何不自由なく勝ち組人生送ってると思てた子があんな目に遭ってたなんて、あたしそんなこと全然知らんかった。知ろうともせんかった」

イズミにつらく当たってきた自分を省みるようにテルマは眉をしかめた。

「で、気づいたらイズミに協力してた。自分の手に負えることやないとわかってんのに身体が勝手に動いた」

そうか。つまり。

「理屈じゃないんだね」

「理屈こねても三人でアイドルつづけることはできへんやろ」

「うん。無理だった」

通報すれば三人でアイドルはできない。だから理屈を踏み越えるしかなかった。

「これでええよな。こうするしかなかったよな」

問うているのか、自分に言い聞かせているのか判然としない口調だった。

テルマは答えを求めてこなかった。私も何も答えなかった。

互いに会話を宙ぶらりんにしたまま服をすべて脱ぎ、浴場のほうに歩きだした。

浴場は二種類の風呂と水風呂があるだけのこじんまりとしたものだったが、貸し切り状態で解放感があった。

なにより疲れ果てた身体に入浴はてきめんだ。

私たち三人は足を伸ばして風呂に浸かった。

テルマが、ういいい、とうなり声を漏らす。イズミは静かに目を閉じる。

二人とも気持ちよさそうだ。

私も心地よい温もりにただ身をゆだねることにした。

身体にまとわりつく不快な汗と泥が流されていく。山の寒さと長時間の作業でがちがちに凝り固まった身体を、お湯がゆっくりとときほぐしていく。

ずっと漂っていたくなるくらいに快適だ。

私は脱力しきった手足を揺らめかせつつ天井を見上げた。

天窓から朝日が差しこんでいる。やわらかな日の光がきらきらと浴場を照らしている。

どこまでものどかだった。朝の銭湯は平和の象徴だ。

こうも牧歌的だと、ここに至るまでの出来事は全部夢だったのではないかとさえ思えてくる。

だが私の手には羽浦の重みがいまだ残っているし、鼻には排泄物の臭いがこびりついている。不気味な山の静寂も、凍《い》てつく寒さも、月明かりすら届かない暗闇も、踏みしめた地面の感触もはっきりと身体に刻まれている。

時間が経てばそれらは薄らぐのかもしれない。けれど消えはしない。どこにいようと、何をしていようと、ふとした瞬間に思いだす。当時の記憶がありありとよみがえり、そのたびに打ちのめされる。

「あのさ」

控えめな声が思案を断ち切った。

イズミが、私とテルマを交互に見てつづける。

「二人はなんで協力してくれたん。なんで、わたしを助けてくれたん」

やはりイズミも気になっていたらしい。濡《ぬ》れ髪を指ではらいながら尋ねてくる。片目は痣で腫れあがり、大罪を犯した後でもなお、その顔はきれいだった。

「なんでって。そらまあ、あれやがな、なあ」

テルマはうろたえるように私を見た。彼女自身、協力した理由を上手く言語化できず困惑のなかにあるのだろう。

なぜイズミを助けたのか。どうして殺人の隠ぺいに加担したのか。

贖罪《しょくざい》。そんな単語が脳裏をかすめる。

ふざけるな。贖《あがな》うことなどできはしない。何をしたって手遅れだ。

過去の記憶が這いより、自己嫌悪に顔がゆがむのを感じた。慌てて両手で湯をすくい顔にかける。

「仲間だから」私は体《てい》のいい言葉でごまかした。「イズミは同じグループの仲間だから」

「あたしもまあ、そんなとこ」

テルマが同意した。

イズミは私たちをじっと見つめてから、

「二人ともありがとう」

ぽそりと言った。

「二人がおってくれんかったら、わたしひとりやったら絶対にやり遂げられんかったと思う。本当にありがとう」

テルマが神妙な表情でうなずく。

私はうなずけなかった。何もやり遂げてはいないからだ。

「ここからだよ」

二人の視線が集まった。私たちは肝に命じておく必要がある。

「ここからがスタートだよ」

スタートラインから走りはじめたばかりなのだ。

「私たちがしたことはこの先ずっと誰にも知られちゃいけない。何があっても隠し通さなきゃいけない。それができたとき、はじめて私たちはやり遂げたって言える」

もう一歩も動けないほどに疲弊しても、どんな障害があろうとも、止まることは許されない。ひたすら走りつづけるしかない。

いつまで？　死ぬまで。

「でも、あたしら上手くやれたんちゃう。一個も失敗せえへんかったやん」テルマが反駁《はんばく》する。「カメラにも映ってないし、埋めたとこだって誰も来えへん場所やろ」

「だとしても、どこかに綻《ほころ》びがあるかもしれない」

マンション以外の場所で決定的な証拠を撮られたかもしれない。腐臭を嗅ぎつけた獣が死体を掘り起こすかもしれない。事件が露見する可能性はいくらだってある。

「もともと準備もなしに実行したことだからね。どこかにミスがあると考えておいたほうがいい。完璧なんてことは絶対にない」

そもそもAIによる監視システムが日々進化しつづけるこの国で完璧に犯罪を隠し通すことは不可能に近い。

「そんな」

イズミが悲痛な声を上げる。テルマは怪訝に眉を寄せた。

みだりに不安を煽《あお》りたいわけじゃない。本題はここからだ。

「だから私たちは完璧じゃないことを自覚して行動しよう。今後怪しまれたり、疑われることがあるかもしれない」

それでも、と私は声をひそめた。

「羽浦さんが発見されない限りは大丈夫。事件性がなければ警察が介入してくることはまずない。とにかく大事なのは羽浦さんが自分の意思で失踪したと周囲に思わせること。その過程でいくら怪しまれたり疑われても、最大の証拠が掘り起こされない限りは問題ない。だから私たちは完璧じゃなくたっていいんだよ」

完璧でなくても完全犯罪はできる。

湯気の向こうの二人はどこか呆けたような面持ちをしている。

テルマが目に垂れるしずくを拭って言った。

「いつも冷静やとは思ってたけど、こういうときでもルイってめちゃくちゃ冷静やねんな」

「ほんまに」イズミが首肯した。

「私は経験者だから」

「経験者？」

二人が首をかしげる。

「人を殺したことがあるから」

私は一足先に風呂を上がった。

夢を見た。

父が怒鳴っている。母はうつむいて黙りこんでいる。

またこれか。夢のなかにいながら私は辟易《へきえき》する。

ひどく疲れたときは昔の記憶を夢に見ることがある。

私が六歳のときの記憶だ。

そのころ家族は崩壊しはじめた。

まず父が変わった。

温厚で物静かだった父は極端に気が短くなり、ささいなことでも声を荒げるようになった。経営する会社の業績が悪化していたことが原因だろう。

やがて母が塞ぎこんだ。

もともとおっとりしていた母はことあるごとに父になじられ、それに怯えて何かしら失敗し、さらに責められた。その悪循環がつづいた結果、母は心身ともに摩耗した。

笑顔は消え、いつもどんよりした空気をまとうようになった。

父が怒鳴り、母は真っ青な顔で震える。それが日常だった。

両親の不仲は、六歳の私にとって世界を揺るがす悲劇だった。

だから両親がけんか、というか父の一方的な口撃がはじまりそうになると、私は部屋のベッドに潜りこんで嵐が過ぎるのを待った。

悲しかった。けれど孤独ではなかった。

妹がいたからだ。

父の声が届かないよう、私はいつもベッドの中で妹の耳を塞いだ。二歳の妹は何が起きているかあまりわかっていないようで、ずっとにこにこしていた。

その無邪気さは暗く沈む気持ちを掬《すく》いあげてくれた。

崩れゆく家族のなかで妹だけが救いだった。

この子だけは守らないと。幼心にそう決意した。

——アラームが鳴る。

意識が瞬時に覚醒する。私は目を開いた。

まぶたの裏の思い出が消えて、現実がはじまる。

朝の六時。広々とした寝室は静かだ。カーテンの隙間からぼんやりと日が漏れる。

私は毛布をとって上体を起こした。寒い。身体が重い。特に首筋から肩にかけての張りがひどい。重たいものを運び、穴を掘った影響だろう。

ベッドから出る前にスマートフォンを確認した。ニュースサイトを開き、記事を読んでいく。

大学の共通テスト、震災の追悼、芸能人の不倫——

全国ニュースの一覧をチェックしてから、関西の地方ニュースを調べる。

高速道路での立往生、詐欺事件、今週末の悪天候——

くまなく調べたが、やはりなかった。山で死体が見つかったという記事はどこにもない。

私はほっと息をついてベッドから立ち上がり、寝室を出た。

洗面台で顔を洗った後リビングに移動し、スマートフォンでＳＮＳを流し見ていると後ろから声をかけられた。

「おはよう」

イズミがリビングに入ってくる。いまだ目元の痣は痛々しい。

「おはよう。眠れた？」

「あんまり。夜中に何度も起きちゃって」

だろうな。一日やそこらで持ち直せるわけがない。

「コーヒー淹《い》れるけど、ルイも飲む？」

「うん。ありがとう」

イズミがキッチンからカップを二つ取り出す。彼女の顔色は昨日よりだいぶ良くなっている。少量ながらも食事はとっているし、表面的には問題なさそうだ。心のほうはわからない。

私とイズミはテーブルを挟んで向かい合い、湯気が立つカップに口をつけた。芳醇《ほうじゅん》なコーヒーの香りが鼻腔を抜けて気分がやわらぐ。

またリビングのドアが開いた。

「おはよ」

ひどい寝ぐせのテルマが顔を出す。腹をぼりぼりかいて、のっそりと椅子に腰かけた。

「テルマもコーヒー飲む？」

「のむ」まだ夢の中にいるような声だ。

「砂糖なしのミルクありやんな。待ってて」

イズミがいそいそとキッチンに移動する。

朝に弱いテルマは半開きの目でぼうっとしている。

「よだれ出てるよ」

私が言うと、テルマは緩慢な動きで口元をぬぐった。

「お待たせ」

カップ片手に戻ってきたイズミはなぜか立ったままこちらを眺めている。

「どうしたの」

「うちのリビングにルイとテルマがおるの新鮮やなあと思って」

「たしかに。一度もイズミの家来たことなかったしね」

こんな状況でなければまず訪れることはなかった。

羽浦を山に埋めてから一日が過ぎた。私とテルマは自宅に帰らず、イズミの実家に泊まっている。

一緒にいてほしい。イズミがそう言いだしたのがきっかけだ。彼女の両親は仕事の都合で海外にいる。家にひとりでいたくないからしばらく泊ってくれないかと頼まれ、私とテルマは了承した。

頼まれずともイズミをひとりにさせるつもりはなかった。

イズミは私たちよりずっと多くのものを背負っている。

罪の意識、あるいは良心の呵責《かしゃく》にいつ押しつぶされてもおかしくない。そうなれば事件を隠し通すことはできなくなる。

イズミは危うい。当面はそばで支える必要がある。いや、監視が正しいか。念のため、三人のスマートフォンそれぞれにGPS追跡アプリも入れた。これで誰がどこにいてもわかる。できることならアプリを使うような事態にならないことを願いたい。

私はカップをテーブルに置いて言った。

「今日の予定をもう一度確認しよう」

イズミが背筋を正し、テルマの目がぱちんと開く。

予定のすり合わせは昨夜も行ったが三人とも疲れきって頭が回っていなかった。

「イズミは大学だよね？」

「うん。今日から後期授業の試験はじまるから。こんなときに申し訳ないけど」

「かまわないよ。急いでやらなきゃいけないことはもう終わってるし」

昨日のうちに羽浦のスマートフォンとパソコンは物理的に壊して捨てた。死体を入れたベースケースも処分した。火急の要件はない。

「それに試験を休むほうが問題だよ。これまでと変わらず、いつも通りに行動することが大事だから」

何事もなかったかのように日常を送る。犯罪なんて無縁の大学生を演じつづけてもらうしかない。

「いつも通りに。そやね、うん」と不安げなイズミに、「大丈夫やって。あたしも一緒に大学行くし」とテルマが声をかけ、音をたててコーヒーをすする。

イズミひとりを大学に行かせるのは心配だからテルマが付き添う。昨夜話し合って決めたことだ。

私とテルマはアイドル活動の時間以外はほぼアルバイトに費やしている。私が弁当工場の夜勤で、テルマはフードデリバリー。どちらも融通がきくアルバイトなのでしばらくはイズミのサポートに徹することで話はまとまった。

「ありがとう、テルマ」

イズミが安堵の吐息をつく。数日前ならテルマと二人きりなんて絶対に嫌がったろう。

「二人が大学に行ってる間に、私はレンタカーを返しておくよ」

今日の予定は以上だ。

ただ、いちばん重要な話は終わっていない。

「ところで」

私はこころもち身を乗り出す。

「そろそろ土井さんから連絡がくるかもしれない」

土井。事務所に在籍する唯一の社員で、羽浦の部下だ。土井は事務所の経理と私たちのマネジメントを兼任している。

先週末は休んでいたが、今日から事務所に出てくるはずだ。

「事務所の鍵は集合ポストに入れてあるから、土井さんは問題なく出社できる。特に不審に感じることもないと思う」

不用心このうえないが羽浦は事務所を空けるとき、鍵をポストに入れて留守番を土井に任せていた。今回も同じケースだと土井は判断するだろう。

事務所の中は掃除しているので事件を匂わせるような証拠はない。土井は何の疑いもなく仕事にとりかかるはずだ。

「ただ、いつまで経っても羽浦さんは事務所に帰ってこない」

土井は羽浦に連絡をとる。いくら待っても返事はこない。

「そしたら、あたしらに連絡してくるよな」

「羽浦さんと最後に会ったのわたしらやしね」

テルマとイズミは警戒するようにスマートフォンの画面を確認した。

「もし土井さんから連絡があっても動揺せずに対応して。羽浦さんのことを訊かれたら、一昨日のライブがあった日以降は会ってない。それだけを伝えればいい」

「わかった。余計なこと言わへんようにする」とテルマ。

イズミは「ライブ以降は会ってない」と念仏みたいに繰り返した。

「てか思てんけどさ」

テルマは腕を組むと難しい顔で切り出した。

「イズミと羽浦さんが付き合うてたこと、土井さんが知ってたらやばない？　羽浦さんの失踪にイズミが関係してるって真っ先に疑われるんちゃう」

え、とイズミは固まったあと、「土井さんは知らんよ絶対」早口に否定した。「テルマたちにも秘密にしてたんやから」

「でも事務所で会うたりしててんやろ。陰で目撃されてたかもしらんで」

「事務所で会ったのは一昨日の夜だけ。あの日以外は誰にも見つからへんように徹底してたよ。そもそも二人で会う頻度そんな多くなかったし」

イズミの声はどんどん小さくなった。いくら徹底していたとはいえ不安なのだろう。土井だけじゃない。アイドルである私たちにはファンの目もある。どこで見られているかもしれない。

中堅どころの地下アイドルのファン数は、メジャーに比べれば圧倒的に少ないが、そのぶん個々の熱量は高い。

自警団のようにアイドルを監視する人もいる。ファンから恋愛情報がリークされるなんてことは日常茶飯事だ。

ただ、羽浦とイズミの密会が目撃されている可能性は低い。

「私も土井さんは何も知らないと思う。部下にバレるような行動をとるほど羽浦さんは軽率じゃないよ」

曲がりなりにも羽浦はプロだ。恋愛禁止のアイドルが事務所の社長と付き合うことがどれほどのタブーかは理解している。

ましてやイズミはグループのセンター。下手な手を打てば貴重な稼ぎ頭を失う。関係が公にならぬよう細心の注意を払っていたはずだ。

その証拠にイズミがステージ衣装を着ても痣が見えない部分を狙って暴力を振るうくらいには狡猾《こうかつ》だった。

あの夜だけイズミを事務所に呼んだのは土井が帰省して大阪にいないことを知って

いたからだろう。

「万が一、土井さんが二人の関係を知っていたとしてもそこまでの脅威にはならないよ。社長と付き合っていることを黙ってたのは当然だし、失踪のことで何か知ってるんじゃないかと追及されても、イズミが答えることは決まってる。でしょ？」

「一昨日のライブがあった日以降は会ってない」

イズミは一字一句教えた通りに再現した。

「羽浦さんの行方について訊かれたらそう答えればいい。そして一度言った発言は変えちゃだめ。発言が一貫してないと怪しまれる」

「了解」とテルマが片手を上げる。「そやけど、そんなすぐ連絡こうへん可能性も高いよな。羽浦さんって結構行方不明なるやん」

「まあね。事務所に一日戻ってこないくらいじゃ土井さんもわざわざ私たちに行方を聞いたりしないかも」

羽浦が予定も言わずに外出することはよくあった。仕事があってもおかまいなしに音信不通になることもあった。そういう事態に慣れた土井は淡々と羽浦が残した仕事をこなしていた。

「わたし、本人に訊いたことある。なんで連絡無視すんのか」

イズミが言った。

「ひとりで考えごとしたいときとかは連絡きても一切とらんのやって。そのせいで仕事だけやなく、友だちも全員離れていったみたいやけど本人は気にしてなかったよ。クリエイターは孤独でええとか言うてた」

「発言だけ聞いたら巨匠やな」テルマが口をゆがめる。「それで一日中も音信不通なられたら現場はたまらんわ」

「一日どころか一週間姿を消したこともあった」と私は返す。

「あ、その話聞いたことあるわ。あたしがベビスタ入る前の話やろ」

「なにそれ。わたし全然知らん」

まだグループ全員が初期メンバーだったころの話だ。

感染症のパンデミックでそれまでの当たり前は崩壊し、マスク生活が定着しつつある過渡期だった。

ライブハウスでの公演が少しずつ再開されはじめ、私たちアイドルもぽつぽつとライブができるようになったときだった。

羽浦が姿を消した。何の前触れもなく、こつぜんと。

二、三日経っても連絡すらなく、当時事務所にいた社員たちは方々に電話をかけた。羽浦の家族や知人に行方を訊いてもみな口を揃えて知らないと言った。事務所の中に焦りが広がっていった。

一週間を過ぎて、いよいよまずいと事務所中が大騒ぎになった。

そんな折、羽浦はふらっと事務所に帰ってきた。

「どこで何してたん」

テルマとイズミが当然の疑問を投げてくる。

「全国行脚。各地のライブハウスを回って事務所のアイドルを売りこんでたらしい」

「ほんまに？」テルマが疑わしげに眉を寄せる。「羽浦さんそんな熱血なことするタイプやっけ。売りこみやらの営業は社員に丸投げやったやん」

「そもそも誰にも相談せず独断でやることじゃなくない。いくら社長やとしてもおかしいよ」

二人の指摘はもっともだ。

羽浦の言い分には当時事務所に在籍していた社員もアイドルも不審を抱いた。ときを同じくして北新地のキャバクラ嬢がＳＮＳに裏アカで羽浦とのツーショット写真を上げているのが発見された。ラグジュアリーホテルの一室で夜景をバックに乾杯する写真だ。

ちょうどその時期は国の旅行支援が実施されていたから、これ幸いとばかりに旅行に出かけたのだろう。感染症による未曾有《みぞう》の危機で事務所の人間がもがいているなか、社長は遊び惚《ほう》けていたのだ。

みんな呆れかえり、何人かは事務所を脱けた。

あのときは考えられない失態でしかなかった。しかし、いまこの状況では追い風だ。今回も旅行だと土井が考えてくれれば、騒ぎになるのを先延ばしにできる。失踪だと発覚することは可能な限り遅らせたい。

旅行だと勘違いしてもらうために羽浦のキャリーケースは処分した。これで一週間の猶予ができる。うまくいけばの話だが。

「とにかくいつ土井さんから連絡がきても慌てないように心の準備だけはしておこう」

私は話を締めくくってコーヒーカップに口をつけた。

テルマとイズミを車で大学に送り届けてから、私はレンタカー店に移動した。返却する前に車に異常がないか自分で確認したけれど、店舗スタッフがあらためて車を点検するときは緊張した。車内におかしみなシミがある、異臭がするなどと指摘されるのではと危惧したが、何の問題もなく車を返却することができた。

私は店をあとにして昼下がりの大通りを歩く。

時刻は正午過ぎ。

イズミたちは大学で昼食をとっているころか。

そういえば昨日はほとんど何も食べていない。何か胃に入れておこう。このあたりでいい店はないだろうか。

私は赤信号で立ち止まり、スマートフォンを取り出す。

起動しようとする前に、スマートフォンの画面がぱっと明るくなった。電話だ。

画面に表示された名前にどきりとした。

――土井。

こんな時間に？　心の準備はしていたつもりだが早すぎる。

どうして。事務所に何か異変があったのか。何か証拠を見落としていたのか。まさか血痕が残っていた？

こぼれかけた動揺を喉元にとどめ、私はスマートフォンを耳に当てた。

「もしもし」

『おつかれさまです。土井です』

抑揚のない事務的な口調。いつもの土井だ。

「おつかれさまです」私は平坦な声で応じる。「どうしました。何かありました」

『いえ、実はですね』

足音が聞こえた。歩いている。事務所ではないようだ。どこにいる。

『ちょうどいま――』

声が喧騒《けんそう》にかき消される。

「すみません。電話が遠くて」

「ああ、失礼。聞こえますか」

今度ははっきり聞こえた。というより二重に聞こえた。スマートフォンからの声じゃない。私は反射的に横を向く。

「やはりルイさんでしたか」

隣にコート姿の男が立っていた。短く刈りこんだ髪と細い目。土井だ。

私はスマートフォンを耳に当てたまま目を見張る。動悸《どうき》が激しい。

「なんで。こんなところに」

疑問がそのまま口を漏れ出た。

「近くでイベントの打ち合わせをしていました」

土井が電話を切ってスマートフォンをしまう。

「事務所に帰ろうと思ったら、ルイさんにそっくりな人がいたので電話をかけて確認してみたんです」

「ああ、そうだったんですか」

今日は外出しての仕事だったのか。なんて心臓に悪い偶然だ。

私はまだ自分がスマートフォンを耳に当てていることに気づき、スマートフォンを下ろす。

焦るな。落ち着け。

「びっくりしました。ほんとに」

「驚かせるつもりはなかったのですが。すみません」

経済指標を読み上げるみたいにメリハリのないトーンで謝罪をされる。土井はいつでも誰にでも敬語だ。腰が低いというより、機械的な印象を受ける。

「ところでルイさんは何をされていたのですか」

「昼ごはんに行く途中なんです」

ごく自然に答えられた。動悸は治まっている。「このあたりに行きたいお店があったので」

「ランチですか。いいですね」

少しも羨ましくなさそうに土井は言う。

まだか。早くしてくれ。私は横目で交差点をうかがう。

信号が青に変わった。

「じゃあ。私はそろそろ」

会釈して、交差点に半歩踏み出す。

「はい。ではまた明後日のライブで」

土井は呼び止めることもなく目礼を返した。

私はもう一度会釈して横断歩道を渡る。この場を早く離れたい気持ちをこらえて、周りの歩行者と同じペースで歩いた。

いちばん注意を払わなければならない相手にばったり会うとは思わなかった。事務所からそう遠くない場所だけれど、まさかこんな偶然が起きるなんて。

驚いた。だが、おかしな言動はとっていないはずだ。突発的な事態にしては対応できたほうだろう。

会話を振り返っている途中ではっとした。

土井は電話をかける前から私に気づいていた。私を見ていた。

だとすれば本当に問題なかっただろうか。私が着信相手を確認したときの反応はおかしくなかっただろうか。

スマートフォン画面に土井の名を認めたとき、一瞬心が乱れた。ひょっとすると深刻な表情をしていたかもしれない。

それを土井は見ていたのではないか。事務所の人間から電話がかかってきた程度でなぜそんな反応をするのかと訝《いぶか》しく思ったのではないか。

私は後ろを振り向きかけて、どうにか押しとどまる。

もしいま振り返って土井と目が合ったらどうする。余計に怪しまれるだけだ。

不審な挙動をとるな。まっすぐ前だけを見て歩け。大丈夫。うまくやれた。問題ない。

自分に言い聞かせて歩調を乱さぬよう歩く。

横断歩道を渡りきるまで、ずっと背中に視線が張りついているような気がした。


「こんばんは。ベイビー★スターライトです！」

私たち三人の声がライブハウスに反響する。

観客がざわついた。

「どしたん」「大丈夫か」「怪我《けが》？」

客席からあがる心配の声に、「えっと、実はこれ」とイズミは左目の眼帯にふれた。

眼帯の下には殴られた痣がある。

今日はあの夜以来、羽浦が消えてからはじめてのライブだった。

「ちょっと目が腫れてて」

眼帯にふれる手は小刻みに震えている。

なんで。どうして。原因は。

視線を一身に浴びたイズミは怯《ひる》んだように口ごもる。喉がごくりと動いた。

「めばちこやんな。めばちこ」

テルマが横から言った。

「いきなり眼帯つけて登場したからみんなびっくりしたと思うけど、イズミはべつに中二病に目覚めたわけでも海賊になろうとしてるわけでもないからね」

客席から少し笑いが起きた。

テルマは私にアイコンタクトを送り、

「あたしも何回かめばちこなったことあるけど痛いし違和感あるしで大変よな。ルイはなったことある？」

「小さいころに一度だけ」痛いと泣く私に、母が膝枕で目薬をさしてくれたことを憶えている。「そういえば、めばちこって関西の方言なの知ってた？」

「へえ。よそは何て言うん」

「ものもらいが一般的なんじゃない」

「妖怪みたいな名前やな。ほな東京出身のルイはものもらい派？」

「いや、私はまた別の呼び方してる」

「何て言うてんの」

「できもの」

「できもの」テルマが吹きだす。「そのまんまやん」

客席からまた笑いが起きた。イズミも笑った。彼女の肩にのしかかる緊張がゆるんでいくのを感じた。

私とテルマは目くばせする。

「そろそろいこうか」「イズミお願い」

マイクを通さずに小声で言った。

イズミがこくりとうなずき、大きく息を吸った。

「じゃあ一曲目いきます。みなさん最後まで一緒に盛り上がっていきましょう！」

やや上ずったかけ声でライブはスタートした。

ライブは滞りなく進んだ。複数のアイドルグループとの対バンということで持ち時間が短かったのもよかった。

さしたるトラブルもなく三十分のライブを無事に終えることができた。

楽屋に戻った私たちはへたりこむように椅子に座った。

「めっちゃ疲れた……」

テルマが肩で息をする。私はぼんやり天井を見上げ、イズミは大粒の汗をタオルで拭った。

ここまで消耗したライブはひさしぶりだ。

ライブ時間こそ短かったものの常に神経が張りつめていたので、二時間ワンマンライブ並みの疲労があった。

「二人ともごめん。ライブの最初全然うまく喋られへんかった」

イズミが眼帯にふれてため息をついた。

「しかたないよ。じょじょに慣れていこう」

私の言葉を、「そうそう」とテルマが継いだ。

「あたしらもフォローするし」

心強いセリフだ。実際に今日もいちばんの懸念だった登場時の挨拶はテルマが場を回してくれたおかげで乗り切れた。

イズミが眼帯の理由をうまく説明できなかったとき、どうフォローするかを事前に打ち合わせていたことが奏功した。

「それにライブ自体はええ感じじゃったよな」とテルマ。

「うん。客席の反応は悪くなかったと思う」私は答えた。

「みんな結構ノッてくれてたやんな。必死すぎてあんまお客さん見られへんかったけど」

テルマも言うようにそれなりにライブは盛り上がった。

イズミもMCこそ失敗したが、いつもよりダンスのキレがよかった。まだ身体の痣が痛むだろうに、それを気取られないよう懸命にパフォーマンスをしていた。

観ている側に私たちが抱える秘密は悟られていないはずだ。

少なくとも観客には。

ノック音がして、私たちは一斉にドアのほうを見た。

「すみません」

ドア越しの低い声。マネージャーの土井だ。

私は二日前の遭遇を思い出して身を硬くする。

あのあと、土井から連絡はなかった。今日ライブがはじまる前に会ったときも羽浦の行方に関する話題は一度も出ていない。

いつものように羽浦はしれっと戻ってくると考えて黙っているだけなのか、それとも何か別の理由があるのか。

二日前の別れ際に感じた視線が私の胸中をざわつかせる。

「入ってもいいですか」

ドアの向こうから土井が話しかけてくる。

「はい、どうぞ」

テルマがちょっと背を正し、イズミは衣装の乱れを簡単に直した。二人とも警戒しているが、それ以上にライブをこなした安堵のほうが強く思えた。彼女たちには街で偶然土井に遭ったことしか話していない。

「ライブおつかれさまでした」

土井が無表情に楽屋に入ってくる。

私は挨拶を返しながら、その無表情の奥に隠しているものがないかを探った。何ひとつ見て取れない。不気味なほどに。

土井が無機質な調子で話しはじめる。

私たちのあとに出演したグループのライブで音響トラブルがあり、時間は押しているが、ライブ終了後のファンとの特典会は定刻通りに開催される旨を伝えると、

「以上です。時間が近づいたらお呼びします」

土井が回れ右する。

すっと身がかるくなるのを私は感じた。無意識に肩に力が入っていたようだ。テルマとイズミの表情もやわらいでいる。

ドアに向かう後ろ姿を三人で見送っていると、「そうだ」と土井が独り言《ご》ちて向き直った。

「自分がいない間に何があったのですか」

背筋に冷たいものが走った。

テルマとイズミが電気に打たれたように硬直する。

土井がいない間——つまり羽浦が消えた日に何があったのか訊いているのか。

何のために。土井は勘づいているのか。だとしたらどうする。どう答えればいい。

「どういう意味ですか」

聞き返すほかなかった。私は平静を装って相手を見る。

土井の表情は相変わらず読めない。無表情のままに核心を突いてくるような空恐ろしさがあった。――お前ら社長を埋めただろう。

「いえ、実はですね」

土井の口が動く。次にどんな言葉がつづくのか。

追及か、断罪か。私はごくりと生唾を飲みこむ。

「先ほどのライブが良かったので」

ライブが良かった？　予想していたどれとも異なる内容に戸惑う。

「自分が休んでいる間にみなさんで自主的にレッスンでもされたのかと思いまして」

理解するのに数秒かかった。

土井はライブのパフォーマンスがよかった理由を訊いているだけらしい。

想定していたのと全然ちがう流れに肩の力が抜ける。

イズミとテルマはまだ頭の整理ができていないようで、

「良かったって、え、なに、どういうことですか」

「そのまんまの意味？　褒めてはるんですか」

これには土井も「ええ、もちろん。褒めています」無表情ながら面食らった様子だった。

混沌とした空気のなか、私は言った。

「今日はお客さんの熱が高かったので、私たちも気合いが入ったんです。ね？」

同意を求めると二人は何度もうなずいた。

「特典会もその調子でお願いします」

土井は淡々と言い置いて楽屋を出ていった。

ばたりとドアが閉まり静寂が訪れる。

「また寿命縮んだ」

「わたしも」

テルマとイズミがへなへなと脱力した。

私は壁にもたれて嘆息する。わずかな会話でどっと疲れた。土井と会うたびに毎回こうして神経をすり減らすことになるのだろうか。

やめよう。考えたら余計に気が滅入る。ひとまずいまは今日を無事に終わらせることに集中しよう。さいわい明日は何の予定もない。少しは休めるだろう。

その思惑はあっけなく外れることになる。


「どうしよう」

ライブの翌朝、イズミはリビングに駆けこんでくるなり言った。

私はネイルオイルを塗る手を止めた。

「何があったの」

「最悪。ほんまにありえん」イズミがぐしゃぐしゃと髪をかき回す。

「落ち着いて。とりあえず座りなよ」

私が促すと、イズミは椅子に腰を落とした。

「で、何があったの」

「これ見て」

差し出されたスマートフォンにはニュース記事が表示されていた。【近畿地方で記録的な大雨か】の見出しが目に飛びこんでくる。

私はスマートフォンを受け取り、記事を読んだ。

低気圧の影響で今週末にかけて広い範囲で雨が降る。特に近畿地方は一月としては記録的な大雨になる所もある。道路の冠水、河川増水、土砂災害などに注意が必要。

記事にざっと目を通し、私は顔を上げた。

「土砂災害か」

「そう」急所を突かれたようにイズミが顔をゆがめる。「せっかく埋めて隠したのに。土砂崩れなんて起きたら……」

羽浦の死体は白日の下に晒されるだろう。

「なんでこんなときに大雨なん。ほんま最悪」

イズミがヒステリックに発する。

「なに騒いでんの」

起きがけのテルマがリビングに顔を出した。

「このニュース見て」

私がスマートフォンを手渡すと、テルマは寝ぐせではねた髪をなでつけながらニュースを黙読した。何を騒いでいたのか察したらしく、「ああ、そういうこと」とつぶやき、私とイズミを交互に見た。

「さすがに心配しすぎちゃう」

「でも、もし土砂崩れとか起きたら羽浦さんが……」イズミの大きな瞳が揺れる。

「しっかり穴掘って埋めたし大丈夫やろ。それに土砂崩れってもっと暑い時期、七月ぐらいに多い災害やろ」

「私もそう思う」

たしかに土砂災害は恐ろしいが、今回はそこまで神経質になる必要はないと感じている。

かといって言葉だけでイズミの不安は払しょくできないだろう。

私はスマートフォンで国土交通省のサイトにアクセスし、近年の土砂災害情報をまとめた資料をダウンロードした。

「ほら、データもある」

国内の土砂災害の月別発生件数が掲載された資料をイズミに見せる。土砂崩れは夏から秋にかけて集中し、冬は激減する。

さらに冬の土砂災害の半数以上は豪雪地帯での積雪によるもので、私たちが死体を埋めた場所で同じ現象が発生する可能性は非常に低い。

「だから週末の雨で土砂崩れが起きることはないと思う」

実際のデータにもとづく説明に、「な、やっぱ心配いらんて」テルマが顔をほころばせる。だがイズミの表情は晴れない。

「ほんまに大丈夫かな」

イズミはか細くこぼしながらリモコンでテレビを点《つ》けた。八十五インチの画面にニュース番組が映る。そこについ最近見た顔があった。

「あ、河都さんや」テルマがぼそっと言う。

テレビに映る河都はつい先日食事をともにしたときと同じ穏やかなトーンで社会情勢に対する見解を語っていた。

一千万人近くが視聴する全国放送のニュース番組で『起業家コメンテーター』として一目置かれる河都を観ていると、あらためて別世界の人間なのだと実感した。羽浦がいなくなったいま、もう会うことはないだろう。

イズミがリモコンを操作してチャンネルを変えた。テレビ画面が関西ローカルのニュース番組に切り替わる。

番組ではちょうど近畿地方の週末の天気について取り上げていた。気象予報士が深刻な様子で大雨への注意喚起とどのような被害が予想されるかを述べている。

『河川の氾濫《はんらん》、低い土地の浸水、土砂災害を引き起こす可能性がありますので、くれぐれもご注意ください』

食い入るようにテレビを観ていたイズミがこちらを向いた。

「ほんまに大丈夫かな……」

さっきよりもさらにか細い声だった。

「そら絶対大丈夫とは言い切られへんけど」

テルマの返事も歯切れが悪くなる。ああもニュースで報道されれば揺らぐのはしかたない。

心もとなげな二人の視線を受けて、私は決めた。

「わかった。対策を練ろう」

可能性が低いとはいえ決してゼロではない。なにより不安を抱えたままで日常生活やアイドル活動に支障が出ることは避けたい。たとえ杞憂《きゆう》だとしても不安の芽はつむべきだ。

「まずは気象情報を詳しく調べないとね。パソコンある?」

「部屋から持ってくる」イズミが立ち上がる。

「ちょっと顔洗って目覚ましてくるわ」テルマがつづいた。

私はテーブルに置いたネイルケアの一式をどけて、パソコンを置くスペースを確保した。


完全オフの日は一転、朝から慌ただしくなる。


雨が車のフロントガラスを叩く。水滴がひっきりなしに流れ落ちていく。

「どんどん強なってるな」

テルマは目をすがめて真っ暗な空を眺める。

「記録的な大雨やもん」

イズミが重々しく相づちを打った。

私は運転席で伸びをしながら窓の外を見渡した。だだっ広い駐車場はがらんとしていて、私たち以外に車はない。

「誰もいないね」私はシートにもたれた。

「こんな雨のなかで山くる物好きおらんやろ」とテルマ。

「警報も出てるしね」イズミが言い添えた。

予報によれば深夜から未明にかけて大雨は降りつづくらしい。そんな状況で私たちがわざわざ山に出向いたのは理由がある。

もちろん羽浦の死体の対策だ。完全オフだった昨日一日を費やして三人で話し合った結果、レンタカーを借りて山に登ることにした。そうすれば大雨による土砂崩れで羽浦が土の中から出てきたとしても対処できる。

対処といってもなんということはない。もし死体が出てきたら誰にも発見されぬうちに回収して埋めなおす。それだけだ。

当日に大阪市内から移動していては時間がかかるので、前夜から現場の近くで待機することにした。

というわけで私たち三人は山間にある道の駅に車を停めている。

今夜は車中泊し、朝になったら現場の山に移動する予定だ。

私はスマートフォンで現時刻を確認した。すでに夜の十一時を過ぎている。ライブを終えた後、身支度を整えて出発したら日付が変わるぎりぎりでの到着となった。

「そろそろ寝ようか」

「やな。明日も早いし」テルマがペットボトルの口を咥《くわ》えこむようにしてドリンクを飲む。「あ、ぜんぶ飲んでもうた」

「ほんま?　わたし買ってくるよ」

イズミが外の公衆トイレわきにある自動販売機を指す。

「ええよべつに。もう寝るだけやし」

「わたしも飲み物欲しかったからついでに買うてくるよ。寝てるとき冷えるやろし、あったかいドリンクとかあったほうがええやろ」

ルイの分も買うてくるな、とイズミは車のドアを開けた。とたんに雨の音が大きくなった。

イズミは傘を差して激しい雨の中を歩いていく。その背中から申し訳なさが伝わってきた。私もテルマもみずからの意思で事件の隠ぺいに加担しているが、それでもやはりイズミは心苦しく感じてしまっている。

私は傘を差して丸まった後ろ姿をじっと見た。

「ほんまはこんなところおる子ちゃうのにな」

テルマが独り言のように言った。

「この前、付き添いで大学に一緒に行って思てんけど。イズミってほんま主人公やねん。大学でもめっちゃ友だちおって人気者やしさ。ほんまもう青春の主役って感じでみんなから好かれてたわ。あの子は物心ついたころからいつも輪の中心におって誰からも愛されてきたんやろな。ずっとそういう明るくて強い人生を歩いてきた。これからも歩きつづけるはずやった。それやのに――」
窓を打ちつける雨がさらに強くなる。風雨に煽られてイズミの傘が大きく揺れた。
「ほんま人生ってどうなるかわからへんわ。最近は凶悪事件のニュースとか観てても
な、前までやったら何でこんなひどいことできんの意味わからん、同じ人間と思われ
へんとか考えてたけど、ほんまはちがうんかなって思う。そういう事件の犯人もあた
しらと大したちがいはないんちゃうかなあって」
「そうだね」
私は首肯した。きっと大きな差異はない。ボタンのかけ違いぐらいのちいさなズレ
で人は道を踏み外すことがある。
「こうやって雨が降るたび、あたしらは怯えつづけるんかな。この先ずっと」
窓にぴたりとつけたテルマの横顔が憂いをおびる。
「雨の程度によるけど、相当ひどいときは対応が必要になるかもね」
「大変やな。普通に生活しててもずっと考えなあかんわけや。死体が見つかったらど
うしようって」
「そういうことになる」私たちはそれだけのことをした。
「きついな。腹くくったつもりやけど」力なく笑う。
「きつくてもやる。やらないと終わる。テルマも私も、イズミも」嚙んで含めるよう

に言った。「誰かひとりでもしくじれば三人が共倒れだよ」

「わかってる。わかってるよ」テルマは痛みをこらえるようにうつむいた。「でも、もしな、もしこの先、あたしらの中の誰かひとりが耐えられんなったらどうする。共倒れになってもええから自首したいって言いだしたら、どうする」

返答に窮した。あえて考えないようにしていたからだ。

仲間を道連れにしてでも罪を告白したいと言われたらどうすればいいだろう。どれだけ説得を重ねても聞いてもらえず、かたくなに相手が自首しようとしたらどう対処すべきだろう。

考えている間にイズミが車に戻ってきて、中途半端なまま会話は終わった。


また家族の夢を見た。

私が八歳で妹が四歳だったころの記憶だ。

依然として家庭は荒《すさ》んでいた。相変わらず父は暴言をまき散らし、母は一日中うつろな様子でぼんやりしているというのが日常だった。

そのころになると妹も両親の不和を察するようになっていた。父が苛立ちはじめると私と妹はベッドの中でなく、外に出て時間をつぶすようになった。

家にいると怒りの矛先がこちらにも向けられるからだ。私が父を止めようとして手を上げられたことは一度や二度ではなかった。

どうすれば以前のように仲のいい家族に戻れるだろう。家の中でびくびくせず、息をひそめて暮らさないようにするためには何をすればいいだろう。

私はそればかりを考えるようになっていた。母を助けたいのはもちろんだが、なにより妹にだけは手を上げてほしくなかった。

そんな折、父がしばらく家を空けることになった。新しい取引先の開拓だとかで一か月ほどの長期出張に出た。

父の怒鳴り声が消えた家は静かで平和だった。物音ひとつひとつに気を払うことなく、のびのびと生活できることは嬉しかった。

それ以上に嬉しかったのは母に表情が戻ったことだ。母の笑顔を見るのはいつ以来だったろう。私と妹は喜び、それまでの時間を取り戻すように母に甘えた。

私たちはひさしぶりに三人で食事をし、一緒にお風呂に入り、布団を川の字に並べて寝た。

私は布団に横になりながら、隣で眠る妹と母を眺めた。二人とも安らかな寝顔をしていた。

ああ、そうか。

家族を元通りにする方法がわかった。

父がいなくなればいいんだ。

目覚めると、そこに妹と母はいなかった。

代わりにテルマとイズミの寝顔が並んでいた。

私は固いシートから上体を起こす。とたんに背中の張りを感じた。無理な体勢で寝たからだろう。車のフラットシートを倒して作ったベッドスペースは三人並んで眠るには狭すぎた。

私は結露した窓の外を見やった。駐車場は真っ暗で何も見えない。だが雨はあがっていた。予想していたよりも大したことはなかったようだ。胸をなでおろす。

車の中に視線を戻した。テルマとイズミは少し眉をひそめて寝息を立てていた。狭い車内で寝苦しいのだろう。私はしばらく二人の寝顔を見た。

ふいにスマートフォンが鳴った。眠る前に設定したアラームだ。

テルマとイズミがうなりながら、気だるげに起き上がる。

「身体バッキバキや」テルマが自分の肩を揉む。

「満員電車の夢見た」とイズミ。

東の空がかすかに白んでいた。

駐車場に併設された公衆トイレで顔を洗ってから、私たちは出発した。

十数分で現場に到着した。〈私有地につき立ち入り禁止〉の看板の横を通って、山の奥に入る。

車一台分の狭い道を進み、プレハブの物置の前に車を停めた。大雨の影響で地面のあちこちに大きな水たまりができていた。

「足の踏み場もないやん」

イズミが慎重に車から降りる。

「長靴履いてきてよかった」

テルマが長靴で水たまりを踏み抜く。

私は運転席から出て、周囲を見渡した。どこにも土砂崩れが起きるほどの被害は出ていない。おそらく現場も問題ないだろうが、せっかく来たのだから一応は確認しておいたほうがいい。

「行こうか」

私たちは森の中に踏み入った。

森の中は雨に濡れて滑りやすくはあったが、朝日のおかげであの夜よりずっと進みやすかった。どこかで甲高い鳥の鳴き声がした。生き物たちも活動をはじめたようだ。森全体が活力にあふれ、躍動しているように思えた。

ほどなくして現場にたどり着く。風雨の影響で落ち葉や枝が吹き飛ばされているものの、そのほかはあの日と変わりなかった。

「あのへんやんな」テルマが地面を指差す。

「たぶん」とイズミが顎を引いた。

「問題なさそうだね」

私は羽浦が埋まっているあたりの地面を踏んで感触をたしかめた。ぬかるんではいるが、この下に死体があるとは思えない。三日三晩雨が降りつづけても出てくる心配はないだろう。

雨降って地固まる。どうかそうであってほしい。このまま誰にも暴けないほど強固になって私たちの罪を埋めておいてくれ。

念を押すように地面を踏み、落ち葉や枝を拾い直して周辺にばらまいてから、

「車に戻ろう」

私は踵を返す。が、二人がついてくる気配がないので振り返った。

イズミとテルマはこちらに背を向けて森の奥を見ている。

「どうしたの」

「あれ……」

イズミが震える声で言った。その隣でテルマは立ち尽くしている。二人の背中が恐怖にこわばっているのがわかった。

私は彼女たちの視線を追う。

森の中に大きな岩があった。あんなところに岩があっただろうか。

そう思った瞬間、岩が動いた。私は慄然《りつぜん》とする。岩じゃない。

猪《いのしし》だ。岩と見間違うくらいに大きい野生の猪。

猪はこちらに気づいている。背中の毛が逆立っている。私たちを威嚇している。

全身の毛穴が開いた。どうする。あんな大きな獣に襲われたらひとたまりもない。

人体などたやすく壊れるだろう。

互いの距離は五メートルもない。どうやって逃げる。失敗すれば命は――

激しく混乱しながらも私はささやく。

「大丈夫。刺激しなければ襲ってはこない」

釘《くぎ》で打ちつけられたように微動だにしないテルマとイズミに語りかける。

「猪から目をそらさずにゆっくり後ろに下がって。ゆっくりでいいから」

二人がおそるおそる後退して私に並ぶ。どちらも真っ青な顔面を恐怖に引きつらせている。おかげで少し冷静になれた。私が何とかしないと。

「そのまま後ろに下がりつづけて。こけないように慎重に」

猪はまだこちらをうかがっている。その眼を睨み返して私は後退した。

いつ襲いかかってきてもおかしくない。一挙手一投足が命取りになりかねない状況だ。わきの下を汗がつたう。

かっかっか、と猪が威嚇音を発した。剝きだしの牙は鋭く尖《とが》っている。

後ろの二人が息をのむ気配がした。

「大丈夫、絶対に大丈夫」私は二人にささやきかけながら、じりじりと退く。

一刻も早く離れたい気持ちをこらえ、こみあげる恐怖をおさえつけ、ゆっくりと距離をとる。地面のぬかるみに足をとられたら、濡れた枝葉で滑ったりしたら、その瞬間に襲ってくるかもしれない。

垂れた汗が目にしみた。それを拭うこともせず私は後退《あとずさ》る。テルマとイズミの前に立ちふさがるようにして猪と対峙《たいじ》する。紙のような盾でもないよりはましだ。襲われたとしても数秒は逃げる時間を稼げる。

ただの一歩も失敗できない。ほんの一瞬も気を抜けない。遠くで羽音がした。カラスの鳴き声が能天気に響く。

と、猪がふいに視線をそむけた。おもむろに身体の向きを変えるやいなや、森の奥に姿を消した。

助かったのか。まだわからない。次の瞬間に全速力で突進してくるかもしれない。

私たちは息をするのもはばかれる緊張のなか、その場をあとにした。

まともに呼吸ができたのは車に戻ってからだ。

「なんなんあれ。ありえへんやろ」テルマの顔は上気している。極度の恐怖と緊張から解放されたことで妙にハイだった。「なんであんなとこに猪おったん？」

「山だからね」相手にすれば私たちのほうが侵入者だ。「とにかく無事でよかった。猪が退いてくれて助かったよ」

「たぶんビビったんやろ。あたしずっとあいつにメンチ切ってたから」

これ以上ないくらい怖がっていたように見えたが聞き流すことにした。

「まあ三人とも怪我なくて何より——ちょっと、イズミどないしたん」

私は後部座席のほうに首を曲げた。

イズミは自分の身体を抱くようにしてうつむいていた。小刻みに肩が震えている。長い髪で表情は見えない。

「大丈夫？」

「どっか痛いん？」

私とテルマが尋ねると、イズミはおもむろに顔を上げた。彼女の両目からぼろぼろと涙がこぼれ落ちる。

「……こわかった」子どものようにしゃくりあげる。「もうほんまにあかんと思ったあ……」

どうやら安堵の涙らしい。

私とテルマは顔を見合わせ、ほっと息をついてから、少し笑った。

「もう心配ないよ。涙ふいて」

「洟もかみ」

イズミはポケットティッシュを三枚引き抜いて目尻をぬぐい、勢いよく洟をかむと、「わたし、忘れんから」両目いっぱいに涙をため、「絶対に忘れんから」と言った。

「ルイが前に立ってかばってくれたことも、テルマが隣でずっと手つないでくれてたことも、絶対に忘れん」

真っ赤に充血した目に強い意思の光が宿っていた。

「わたしも二人のこと守る。この先何があっても、絶対に」

イズミの顔は涙と鼻水でぐしゃぐしゃで、声を震わす姿はあまりに頼りない。けれども届いた。たしかに響いた。

私はすぐに言葉が出せなかった。

テルマは泣き笑いのような顔をした後、イズミの肩を叩いた。

「頼むで。あんたはベビスタのセンターやねんから」

イズミは涙をこぼしながら何度もうなずいた。彼女が泣き止むのを待って、私は車のエンジンをかけた。

「そろそろ帰ろうか」

車を発進させる。

すでに空は明るい。日の光が山道にさんさんと降り注いでいる。

「腹へったなあ。帰りにどっかでごはん食べよや」

「そうだね。私もお腹すいた」はっきりとした空腹感を覚えたのはひさしぶりだ。

「マクド行こや。いまの時間なら朝マックやってるやろ」

「朝マックはいや」イズミが鼻声で反対した。「パン甘いし」

「いやいや、あの甘いパンが旨いねんて」

「そうかなあ。それやったらモスがいい」

「モスバーガーもありやなあ。あそこのポテト好き」

「じゃあどっちも行こう」私はアクセルを踏んだ。「朝マックを食べた後でモスにしようよ」

「ハンバーガー屋はしごすんの？　爆食いにもほどがあるやろ。おデブまっしぐらやん」

「たまにはええやん。とり過ぎたカロリーはライブで消費したらええよ」イズミが口角を上げた。「お金はわたしが出す」

「ほんま？」テルマの声が弾む。「よっしゃ、マクドとモスバーガー両方行こ。デザートにロッテリアとバーガーキングとウェンディーズも追加で」

「胃ぃ爆発するわ」イズミがつっこむ。

車内に笑いが起きた。

一週間前までは考えられなかったことだ。

険悪だったテルマとイズミが軽口を叩き合うようになり、くだらないことで三人が笑い合う日が来るなんて思いもしなかった。

友情なんて美しいものじゃない。私たちをつなぐのは罪だ。共犯者という歪んだ関係で結ばれている。

私たち三人は船に乗って暗い海を漂流している。泥船のように脆《もろ》く、笹船のように頼りない船で、暗黒の海をさまよっている。

どこにたどり着くのか、そもそも流れつく陸地があるのかは判然としない。船が壊れてしまえば最後、私たちは溺れ、冷たい水の底に沈む。

帰り道の車内はにぎやかだった。何がそんなにおかしいのか不思議なくらいけらけら笑った。

危機を脱して緊張の糸が切れたからだろうか。

ちがう。たぶんわかっていたんだ。

もうすぐ笑えなくなる日がくることを。

二日後、羽浦がいなくなったと土井から報告があった。

「社長と連絡がつかず、どこにいるのかもわからない状況です」

土井は事務連絡みたいな淡泊さで告げた。

ライブ終わりに事務所に集まった時点で覚悟はしていた。

姿を消してから一週間、ついに羽浦の失踪が発覚した。

土井からの報告を受けた私たちは互いに顔を見合わせた。テルマとイズミは不安げに眉をひそめている。二人とも自然な動揺を演じている。何度も打ち合わせて練習した成果だ。

「行き先も告げずにいなくなったってことですか」

まず私が質問した。

「そういうことです」土井はほとんど唇を動かさずに喋る。

「いつから。いつからいないんですか」とテルマ。

「自分が休み明けに出社して以降、ずっと音信不通です。つまり一月十六日から連絡がとれていません」

土井が卓上のカレンダーから目線を切って、私たち三人を見回した。

「みなさんが社長と最後に会われたのは先週末の十四日のライブですよね？　何か聞

いていませんか」

　私たち三人はもう一度顔を見合わせた。

「何か言ってたかな？」

　私の問いに、記憶をたぐる間を置いてから、テルマとイズミは首を振った。

「わかりました。もし何か思い出したら教えてください」

　土井は、事務所の奥にある羽浦のデスクを一瞥した。

「まあいつものようにひょっこり帰ってきますよ。社長のさすらい癖はいまにはじまったことじゃありませんから。みなさんにはご心配とご迷惑をおかけしますが、これまで同様にベイビー★スターライトの活動に集中してください。来月はグループ結成四周年の大事なライブもありますしね。周年ライブまでには社長も戻ってきているでしょう」

　二度と戻ってこないと知っているが、私たちは表情を少しやわらげてうなずいた。

　いよいよだ。失踪が発覚してからが本番。ここからの行動が命運を左右する。

　いまのところ土井が私たちを疑っているようには思えない。あるいはそう見せかけているのか。腹の底では怪しんでいて何か証拠を摑もうとしているのだろうか。土井の無表情からは何も読み取ることができない。

　とにかく油断はできない。事件を隠す上でマネージャーの土井はもっとも注意すべき人物だ。警戒を怠ってはならない。

冷静かつ慎重に対応しなければ。私はあらためて気を引き締めた。

羽浦の失踪の報告を聞いたあとは、三十分ほど仕事の打ち合わせをして、その日の業務は終了となった。

土井に見送られて事務所を出た私たち三人は、正常に動くようになったエレベーターに乗りこんだ。

エレベーターが下降していく。私はじょじょに減っていく階数表示を見上げながら言った。

「二人は先に帰ってて」

「頼んだで」「何かあったらすぐ連絡して」

テルマとイズミも階数表示を見上げたまま答えた。

エレベーターが一階に到着する。

エントランスで二人と別れた私は、マンションの近くにある喫煙所に足を運んだ。

喫煙所で煙草を二本喫って気分を落ち着かせた後、マンションに戻った。再びエレベーターに乗って七階に上がり、事務所のインターフォンを押す。

ややあってドアが開いた。

「どうしました。忘れものですか」

土井がドアから顔を覗かせる。

「いいえ。羽浦さんのことで話したいことがあって」

玄関先で話すことでないと察した土井がドアを大きく開けた。

「どうぞ」

促されるまま事務所に上がる。

私はスツールに腰かけ、目の前のミーティングテーブルに視線を落とした。羽浦が海外から買いつけた自慢のテーブルはぴかぴかで指紋ひとつない。

「話したいこととは何です」

土井が無表情に尋ねる。

私はその無機的な視線を見返し、

「羽浦さんは本当に戻ってくるんでしょうか」

いきなり核心を突いた。

余計な前置きや駆け引きはせずに最短距離で問い質す。

様々な方法を検討した結果、それが最適だと判断した。

土井が何をどこまで把握しているのか。私たちを疑っているのか。それらを探るため、一対一で話すことにしたのだ。

「もちろん。社長は戻ってきますよ。結成四周年のライブまでに――」

「土井さん」短く遮った。「本当のことを話してください。そのために私ひとりで事務所に戻ってきたんです。私もこの事務所に入って長いですから。いまの状況があまりよくないことぐらいはわかります」

真剣な顔で訴える。土井が小さくうなずいた。

「そうですね。ルイさんも来月で四年目でしたね」四角い顎をなでる。「正直に申し上げると、社長がいつ戻ってくるかはまったくわかりません」

「やっぱり、ただの旅行ではなさそうなんですね」

「残念ながらその可能性は低いと思います。キャリーケースや衣類がないので、旅行か何かだと自分も思っていましたが」

目論見《もくろみ》通りキャリーケースと衣類を処分したことで時間稼ぎはできたようだ。

土井が卓上カレンダーを見やる。「さすがに一週間も連絡がないのはありえません」

「でも、前にも一週間ぐらい音信不通になったことありましたよね。全国のライブハウスに営業をかけてたとかで」

実際は懇意にしている女性と旅行に行っていただけだが。

「あの件は社長も反省していたので同じことは繰り返さないでしょう。これ以上、事務所から人員が離れるようなことをするとは思えません」

正論だ。羽浦が気ままにさすらっているとは土井は一切考えていないらしい。

「じゃあ羽浦さんはどこで何をしているんですか」

「いまのところ何も把握できていません」

「羽浦さんのスマホのGPSを調べたりできないんですか。携帯電話会社に問い合わせたら追跡できますよね？」

「できると思いますが、個人情報なので開示してもらないでしょう」

だろうな。警察の介入がなければ開示はされない。開示できたとしてもスマートフォンはすでに処分してある。

「思っていたより悪い状況なんですね」

私は嘆息しながら土井をまじまじと見る。本当に何も知らないのか。それとも黙っているのか。

土井の視線、眉や唇の動き、しぐさ。どこかに違和感がないかを探る。おかしな箇所はなかった。雇い主が突然姿を消したというのに不気味なほど表情に変化がない。

まだ聞くべきことはある。話を進めよう。

私は意を決したふうに口を開いた。

「もしかしたら、羽浦さんがいなくなった原因は……私たちにあるのかもしれません」

「どういうことでしょう」土井の声音がほんのわずか低くなる。

「羽浦さんと最後に会った日なんですけど、実は、私とテルマはライブの後も夜まで羽浦さんと一緒にいました」

「ライブが終わった後も？　三人で何をされていたんですか」

「接待です。羽浦さんの知り合いの方たちと夕食を」

「またお二人が駆り出されたんですね」

やはり土井はあの日の接待のことは知らなかったようだ。話したところで問題はない。調べればわかることだし、黙っているほうが不信感を与える可能性がある。

「その接待がうまくいかなくて、羽浦さんすごく怒ってました。そのときに言われたんです。私とテルマはグループのお荷物だって」

「社長がそんなことを」

言葉と裏腹に土井の声は平坦なままだ。たぶん彼もそう思っているからだろう。

「ファンが減って、売上が下がってるのは事実ですから」

私は目を伏せる。

「イズミのおかげでグループはなんとか保ってるけど、事務所の経営はぎりぎりなんじゃないですか」

「きびしい状況にあることは否定できません。今年は勝負の年といえるでしょう。そのためにもまずは来月の結成四周年ライブを成功させなくてはなりません」

「もちろん私もそのつもりです」

本当は四周年ライブを最後にアイドルを辞めるつもりだったが事情が変わった。

「テルマとイズミもライブを成功させるためにがんばってます。でも、羽浦さんはちがったのかなって思ってしまうんです」

土井は黙っている。私はつづけた。

「この一、二年で在籍してたアイドルと社員のほとんどが事務所を辞めてしまって、たったひとつ残ったグループも微妙な状態。だから羽浦さんは私たちに見切りをつけたんじゃないかなって……」

「社長が事務所の経営を放棄して姿を消したということですか」

「……めずらしい話ではないですよね」

私は神妙な表情で息をついた。

感染症の流行でエンタメ業界は大打撃を受けた。アイドルも言わずもがなだ。SNSやオンラインでのコミニュケーションが不得手なうちのような事務所は特に苦しかった。

感染症のダメージは甚大で、ようやく以前のようなライブができるようになったいまも業界全体が苦しんでいる。多くの人が泥沼をもがき進むような状況にいる。

それに嫌気がさした羽浦は、すべてを放棄して失踪した。

ありえる筋書だ。こと地下アイドル界隈では、アイドルも運営側も夜逃げ同然に姿をくらませる者は少なくない。

「たしかに絶対にないことだとは言いきれません」

土井は淡々とした様子で、

「あと考えたくはないことですが、何かの事故——あるいは事件に巻き込まれた可能性もあります」

「事件」

私はわざとらしくない程度に絶句する。いちばん聞きたかったところだ。「何か心当たりでもあるんですか」

「いえ。特に思い当たることはありません」

土井はかぶりを振った。顔に変化はない。ように見える。

「社長のプライベートまでは詳しく知りませんが、人間関係で問題があったようには見えませんでした」

あったよ。だから死んだ。

「突発的なトラブルに巻き込まれた可能性もあります。たとえば外出中に何かの事故か事件に遭遇したのかもしれません」

考えたくないことですが、と土井はもう一度言い添えた。

突然姿を消せば、事故や事件が頭をよぎるのは当然だ。そして次にとる行動も決まってくる。

「もう警察には相談したんですか」

「ええ。自分のほうから所在不明者届を警察に提出しました」

所在行方不明者届。土井のような血縁関係にない社員でも出すことができる届け出だ。

「とはいえ相談しても警察は動かないと思います。いまのところは事件性がないので」

「そんな……」

内心でほっとする。事件性がない――土井は証拠を摑んでいないということだ。

「羽浦さんのご家族から捜索願を届け出てもらわないんですか」

私の問いに、土井はかぶりを振った。

「それは難しいでしょうね」

「ああ、ご両親とうまくいってないんでしたっけ」

羽浦がほとんど勘当状態にあることは私も知っている。以前に羽浦が一週間音信不通になったときのことだ。事務所が慌てて実家に連絡したところ、羽浦の両親は少しも取り乱すことなく、「そちらで対応してください」と他人事のようにあしらわれたという。

土井が言う通り、捜索願を届け出るのも一苦労だろう。捜索願を出したところで、事件性がない成人男性の失踪であれば警察は動かない。家出人のデータベースに羽浦の名が載るだけだ。

つまり私たちが疑われるような事態にはならない。死体が出てこない限り、罪が明るみになることはない。

「私たちは社長の帰りを信じて待つしかないんですね……」

私はうつむいた。安堵が表情に出ていないか心配になったからだ。

「いえ、ただ待っているようなことはしません。警察が動かなくてもできることはあります」

事務的な口調に顔を上げる。次に何を言うかはだいたい予想できた。

「興信所に依頼して、社長の行方を調べてもらいます」

「興信所か。その手がありましたね」

私は内心で舌打ちする。


「興信所って探偵のこと？」

テルマの質問に、私は首肯した。

「厳密にはちがうけど、人探しを請け負う民間業者って意味では同じかな」

「人探しの専門家ってことやんね」イズミが頬杖《ほおづえ》をついて嘆息する。

イズミの家のリビングを重い空気が支配している。

事務所を後にした私は、一足先に帰っていたテルマとイズミに土井との会話内容を報告した。警察が捜索に乗り出さないだろうことに安堵していた二人は興信所の話が出たとたん、がっくりと肩を落とした。

「興信所に依頼するなんて」イズミが鼻にしわを寄せる。「そういうのってすごいお金かかるんやない」

「着手金だけでも数十万はかかるんじゃないかな。親族以外の捜索は割高になるらしいから」

自転車操業に近い事務所にとっては大金だ。だから私も興信所を使う可能性は低いと踏んでいた。

貴重な運営資金を捜索費用に充てるということは、土井がそれだけ非常事態だと捉えている証拠だ。人探しをするなら早ければ早いほどいい。時間が経過するほど足取りは摑めなくなる。だから大金を払ってでも捜索に乗り出すべきだと土井は決断した。正しい判断だ。私たちにとっては厄介このうえない。

「せやけど興信所いうても民間やろ。警察に比べたらましなんちゃう。さすがに国家権力にはかなわへんやろ」

テルマが場をとりなすように言った。

「どうかな。興信所は人探しのプロだから侮れない。大手の興信所になると警察ＯＢもいるって聞くし」

「なんそれ。やばいやん」

「やばいよ。羽浦さんの足取りはくまなく調べられて、関係者である私たちにも聞き込みがあるだろうね。そこで何か不審な点があれば、徹底的に調査される」

テルマは閉口した。イズミが頭を抱える。

でも、と私はつづけた。

「ここを乗り切ることができれば形勢は一気に変わる。興信所が手がかりを発見できなければ、土井さんも積極的な捜索は諦めると思うよ。そうなれば羽浦さんを探す人は誰もいなくなる。私たちが疑われることだってない」

諭すように語りかける。

「興信所の捜索は間違いなく脅威になる。だけど対策はすでにしてある。羽浦さんのスマホとパソコンは処分したし、マンションの防犯カメラも無効化した。行方を知るための重要な手がかりはどこにも残っていない。実際に土井さんは、羽浦さんが外出先でトラブルに巻きこまれたんじゃないかと考えてる。いくら相手が人探しのプロだろうと、こんな状況で真相にはたどりつけないよ。私たちが動揺してぼろを出さない限り秘密は守れる」

断定口調で締めくくる。

二人の顔つきがすっと引き締まった。

「ここが正念場か」イズミの声に怯えはない。

「必死のパッチでいかんとな」テルマは自分の頬を叩いた。

きたる脅威に向けての心構えはできたようだ。

おそらく土井は今日明日あたりには興信所に依頼をかけるだろう。

「数日中には動きがあると思う。それまでにできるだけの準備はしておこう」

私は声をかけながら、これからのことを考えた。

興信所による捜索期間は一か月くらいではないかと思う。零細のアイドル事務所に長期の捜索費用を捻出することは難しい。かといって油断は禁物だ。

羽浦の行方に関する証拠はたしかに消したが、それも完ぺきではない。この世に残るすべての足取りを消すことなど不可能だ。思いがけない証拠が発見され、警察が動き出すことだってありえる。そうなればたちまち窮地に陥る。

最初にして最大の危機といっていいだろう。

あらためて不安要素を洗い出す必要がある。あらゆる想像をめぐらせ、どんな展開になろうと冷静に対処できるようにしておかねばならない。

この難局をしのげばアイドルをつづけられる。できなければ——

とたんに胸がざわついたので考えないようにした。

代わりに来月の結成記念ライブのことを思い浮かべる。危機を乗り越え、ステージに立つ自分たちを想像する。

皮肉だ。ライブのたびに息苦しさを覚えていた人間が、いまはそれを拠《よ》り所にしている。

どんなライブになるだろう。どんな思いでステージに立っているだろう。

「急に黙ってどないしたん」

「頭痛い？」

テルマとイズミが心配そうに尋ねる。

「ううん。大丈夫だよ」

私は眉間にこめた力を抜いて、テルマとイズミを見た。

どうすれば彼女たちが笑ってステージに立てるのか。それだけを考える。

三日後、私たちは事務所に呼ばれた。

「レッスンの後でお疲れのところ申し訳ありません」

土井はまったく申し訳なくなさそうに言った。

「いえ。非常事態ですから」

私は同意を求めるように両隣を見た。テルマとイズミが硬い表情でうなずく。

「あちらの部屋です」

土井が無機質な視線を奥の部屋に投げた。羽浦の趣味の部屋だ。

「まずはルイさんからお願いできますか」

はい、と私は答えて歩きだす。背中に祈るような二人の強い視線を感じた。

心配しないで。うまくやる。そう答える代わりに迷いのない足取りで進んだ。

私はドアの前に立ち、ノックした。

「どうぞ」

すぐに返答があった。

私はドアを開けて、部屋に入った。

室内はCDを収めた棚がずらりと並び、壁際にベースが三本並んでいる。家主の趣味が凝縮された空間。あの夜の記憶がよみがえり、舌の根に苦いものが広がった。

あのときとちがうのは、部屋の中央に簡易テーブルと椅子が二つ設置されていることだ。そこに男が座っていた。タブレットPC片手に愛想笑いを浮かべている。

「どうぞ。こちらへ」

男が対面の椅子に片手を差し向ける。

私は椅子に腰かけつつ相手をチェックした。

男の年齢は三十代前半、たぶん土井と同じぐらいだ。刈り上げた短い髪をオールバックにし、スーツにチノパンを合わせている。街中ですれちがえば金融系の営業マンだと思うだろう。人探しのプロには見えない。

「はじめまして。下谷《しもや》です」

名刺を差し出してくる。『下谷興信所　代表』の単語が目に飛びこんだ。事前にホームページを閲覧し、個人で経営する興信所であることは把握している。

土井が下谷に依頼をかけ、羽浦の捜索がはじまったのは一昨日のことだ。関係者の話を聞きたいということで、私とテルマとイズミは集められた。

「お忙しいところお時間を割いてもらってすみません。あ、ルイさんとお呼びしてもかまいませんかね」

下谷はこちらの返答も待たずに口を動かす。

「それにしてもさすがアイドル。本当におきれいでいらっしゃる。向かい合ってるだけで緊張してまいますわ」

「羽浦さんの居場所はわかったんですか」

私は開口一番に訊いた。お世辞にも反応できないほどの深刻さを装って。

「残念ながら行方はつかめていません」

下谷がかぶりを振った。

「羽浦さんの交友関係を当たっているんですが、手がかりとなるような情報はいまのところありません。親しい友人や恋人もいはらへんようでして」

イズミとの交際はばれていないようだ。ひそかに胸をなでおろす。

「そこでルイさんたちの話を聞かせてほしいんです。ベイビー★スターライトのメンバー三人は羽浦さんに近しい人たちですから。特にルイさんは付き合いが一番長いでしょ。お力を貸してください」

「もちろんです。私にできることは協力します」

言いながら丹田のあたりに力をこめた。感情の揺れが表情やしぐさに出ないよう指先にまで神経を尖らす。

下谷は恭しく頭を下げてから口を開いた。

「それでは早速いきましょか。まず確認したいんですが、ルイさんが羽浦さんと最後に会ったのは一月十四日の夜ですよね？　そのときのことを詳しく教えてもらえますか。当日のことは土井さんからすでに聞いていますが、あらためてルイさんの口からお話を聞かせてください」

「夕方にライブが終わった後、いったん解散したんですけど、私ともう一人のメンバーは羽浦さんに事務所に呼び戻されたんです」

「もうひとりのメンバーはどなたです？」

「テルマです。金髪のボブカットの子」

「なるほど」下谷がタブレットPCをスクロールしながらうなずく。「事務所に呼び戻された後は何を」

「羽浦さんと一緒に夕食に行きました。北新地の懐石料理屋です」

「お、いいですね。新地の懐石屋なんて絶対うまいでしょ。店の名前は憶えてますか」

「ちょっと待ってください」

私はスマートフォンで店を検索し、「たしか、この店でした」画面を見せる。

下谷はスマートフォンの画面と自分のタブレットPCを交互に見、「ありがとうございます」と小さく頭を下げた。

それ以上は店のことについて質問してこなかった。あの夜私たちがどこで何を食べたかはすでに把握しており、店側にも来客の確認をとっているのだろう。

変にごまかしたり嘘をつけば、即座に見抜かれて追いこまれるということだ。

「懐石料理屋には三人で行ったんですか」

「いえ。羽浦さんの知り合いの方が二人同席されたので、五人で食事をしました」

「ほう。羽浦さんのお知り合いですか」

「二人とも経営者の方です。ひとりは東京のイベント会社の人で」ガマ男を思い出しながら答える。「もうひとりはテレビにもよく出てる人です。河都さんっていう」

「起業家コメンテーターの河都さんですよね。あの人が出てるニュース、僕も毎朝観てますよ。あんな有名人とお知り合いやなんて、おたくの社長もすごいですね」

「大学の音楽サークルで知り合ったと言ってました」

「大学からということは、二十年近く交友があるわけか」

下谷がタブレットPCにペンを走らせる。

「河都さんも東京の方ですよね。それやのに、わざわざ大阪の北新地まで来はったんですか」

「大阪のテレビ局で収録があったみたいです。その後で食事会に合流されてました」

「へえ、大阪でもテレビの仕事やっててんのか。そんなテレビばっかり出はって、会社のほうは大丈夫なんですかねえ。僕が社員ならええ気せんけどなあ。遊んでないで本業に集中してくれよって感じやわ」

やれやれと冷笑する。嫉妬が多分にまじっているように見えた。

「大阪での仕事終わりで会うくらいやから、羽浦さんと河都さんは仲がええんでしょうな」

「仲はいいみたいですよ。年に一回くらいは会うと言ってました」

「年一ねえ。学生時代から交友はつづいてるけど、そこまで親密ってわけでもなさそうやな」

下谷はうつむき加減にぶつぶつとつぶやき、ぱっと顔を上げた。

「話を戻しましょか。羽浦さんの知り合いを交えて五人で食事をしたってことでしたね。その食事会で羽浦さんはどんな様子でした。深刻だったり何か考えこんでいるようには見えませんでした？」

「そんなふうには見えませんでしたですけど」私はかぶりを振った。「ただ、怒ってました。食事会が失敗したので」

「失敗？　詳しく聞かせてもらえますか」

はい、と私は答えた。トラブルがあったことは土井から聞いているだろうから隠す意味はない。

「食事会で羽浦さんの知り合いをもてなすのが私たちの役目だったんですけど、私もテルマもうまくできなかったんです。それで知り合いの方の機嫌を損ねてしまって」

「河都さんの機嫌を損ねた？」

「いえ。もうひとりのイベント会社の人です。そのせいで食事会は途中でお開きになってしまって。羽浦さんすごく怒ってました。そういう食事会はこれまでにも何度かあったんですけど、すべて結果に結びついていなかったので不満が溜まっていたみたいです」

「結果というと」

「アイドルの仕事です。食事会で経営者の方たちと関係値を築いて、現場の仕事をとるっていうのが羽浦さんの戦略でした」

「戦略て。それはただのヨゴ――」下谷が慌てて本音をごまかす。「怒られたっていうのは具体的にはどんなふうに」

「ファンが減ってることやライブの売上が下がってることを指摘されて、私とテルマはグループのお荷物だと言われました」

「ひどいな」

眉間にしわが寄る。私のことを望まぬ接待と売上ノルマに追われる哀れなアイドルだと思っているのだろう。それでいい。華々しい世界に憧れ、搾取される無知な被害者だと思ってくれたほうがやりやすい。

「二十時過ぎには羽浦さんと別れました。それきり会っていません」

「なるほど。なかなか後味の悪い別れ方ですね」

「羽浦さんとは四年ぐらいの付き合いになりますけど、声を荒げて怒られたのはあの夜がはじめてでした」

「それはそれは。羽浦さんもだいぶ切羽詰まってたみたいやね」

「はい。限界だったんだと思います」

言い淀《よど》み、唇を舐める。

「私も来月でアイドル四年目ですけど、この数年は苦しいことばかりでした。何度も何度も辞めようと思いました。たぶん羽浦さんも私と同じだったんじゃないかな。仕事に対する不安とか不満がどんどん溜まって、爆発して、それで……」

「事務所を捨てて逃げた？」

「考えたくないですけどね。でも食事会であんなことがあった後にいなくなったら、どうしても悪い方向に考えてしまいます」

真実はもっと悪い方向に舵をとったけれど。

「業績不振が原因で雲隠れした、か。たしかにいちばん有力な線やわな。過去に担当した案件でも同じ理由で経営者が行方をくらませたことがあったわ」

下谷は敬語をやめ、テーブルに身を乗り出した。

「ただ、妙な点がある」

「妙な点？」

私はうろんに聞き返す。何だ。事前に想像したあらゆるパターンを脳内に準備して、相手の言葉を待つ。

「二つほど引っかかる点があってね」

下谷が指を二本立てる。

「まず一つ目に金のこと。社長は事務所の運営資金が入った銀行口座に一切手をつけんまま姿を消しとる。これは妙や。口座の金ぜんぶ引き落としてから逃げるのが普通やわな」

「いやな普通ですね」

「銭金が絡むとそんなもんよ。それに雲隠れするなら何かと金はいる。せやのになんで社長は口座に手つけへんかったんやろ」

「言われてみれば妙ですね。なんでだろう」

私は腕を組んで考えるふりをした。

「失踪したと知られるのを少しでも遅らせたかったとか？　事務所のお金は土井さんが管理してるので」

「引き落とした時点でばれると？　でも社長がいなくなったとされる十四日から十六日の正午過ぎまで土井さんは出社してなかった。すぐにばれる心配はない。というか、ばれんかったとしても失踪の発覚を遅らせられる日数なんてたかが知れてる。それなら金持っていきそうなもんやけどな」

「まあ、そうですよね」予想通りの返答に相槌《あいづち》を打った。「じゃあ私たちのために残しておいてくれたのかも。事務所のお金がなくなったらアイドル活動ができなくなるから」

「逃げるような人がそんなこと考えるかね」

「逃げたとしても羽浦さんは私たちの社長であり社長です」

気弱に笑ってみせる。下谷は同情したふうに目を細めた。

「まあ金の件は置いといて。妙な点はもうひとつある。正味、僕はこっちのほうが気になるね」

実はな、とつづける。

「マンションの防犯カメラに細工がされてた」

「細工」やはりそこか。

「防犯カメラのSDカードが抜き取られてた。ご丁寧にエントランスと裏口の両方とも。おかげでマンション出入り口の映像記録が確認できひん」

下谷がやれやれとばかりに肩をすくめた。

「しかもマンションの管理会社が防犯カメラのチェックを全然してなかったみたいでね。いつSDカードが抜き取られたかもわからんときてる。つまり誰がいつどんな目的でカメラに細工したか謎なわけよ。

もともとあんまり治安の良くないマンションやからイタズラの可能性もあると管理会社は言うてた。でも僕はそうは思わん。今回の羽浦さんの失踪に関係してると睨んでる。なんでや思う？」

私は首をかしげた。カメラに細工する現場をマンションの住人に目撃された？　あるいは他にも防犯カメラがあって、私たちの姿が撮られていた？　危惧していたケースがぱっと頭に浮かんだが、余計な口は挟まずに相手の出方をうかがう。

「その理由はな、エレベーターの防犯カメラだけ細工されてなかったから」

　下谷が口角を少し上げた。

「このマンションの防犯カメラは全部で三つ。エントランス、裏口、エレベーターに設置されてる。その三か所のうち無事やったカメラはエレベーターだけ。それはなぜか。考えればすぐわかる」

　教鞭《きょうべん》を振るうようになめらかに話す。私は背筋を伸ばしてそれを聞く。

「エレベーターのカメラは細工する必要がなかったからや。つまり犯人はエレベーターに乗らんかった。そして――羽浦さんがいなくなったとされる期間はちょうどエレベーターが故障中やった」

　弱いな、と思った。推理としては薄弱だ。エレベーターが故障していた程度の根拠では、羽浦が姿を消した期間にカメラが細工されたという証拠にはならない。

　それは下谷も自覚しているらしく、

「論理に穴があるのは百も承知や。防犯カメラのＳＤカードが抜き取られたのは羽浦さんが姿を消すよりずっと前で、赤の他人がイタズラ目的で細工した可能性も充分ありえる。それでも僕は今回の羽浦さんの失踪に関係してると思う」

いやに自信ありげだ。まだ何か根拠があるのか。

「どうしてそう思うんです」私は尋ねる。

「勘や」

下谷は堂々と言い放った。厄介な根拠だ。勘とはつまり、言語化こそできないが彼の知識や経験がきな臭い匂いを嗅ぎとっているということだ。軽視できない。

「下谷さんは、羽浦さんがカメラに細工したと考えてるんですか」

「そこが重要なポイント」

もったいつけるように下谷は人差し指を振る。

「防犯カメラに細工したのが羽浦さんの仕業やとしたら、どうしてそんなことをしたと思う」

「それはやっぱり手がかりを消すためじゃないですか」

思案顔でとつとつと話す。

「何時何分にマンションを出たか、どんな服装だったか、何を持っていたか、急いでいたのか、どんな表情をしていたか。マンション出入り口の映像記録だけでも情報はたくさんありますよね。それが行方につながるかもしれないから防犯カメラに細工をしたんじゃないでしょうか」

「へえ」下谷が口笛を吹く。「ほぼ正解。鋭いねえ、ルイさん。うちの事務所に来てほしいわ」

「考えておきます」

ぞんざいにあしらうと、下谷はおどけたように両手を広げた。芝居がかったしぐさが好きな男だ。

「あとは羽浦さんがひとりやったかどうかも映像で確認できるわな。それ答えられてたら満点やったで」

わずかに心臓が高鳴った。あえて伏せた点を抜かりなく指摘された。やはりプロは侮れない。

「ルイさんが言う通り、羽浦さんの仕業やとしたら自分の行方につながる手がかりを消すためやろ。そうなると妙や。いよいよ解せん」

うすら笑いが真顔に変わる。

「わざわざ防犯カメラに手を加えてまで消したい手がかりっていったい何や。そもそも、そこまで慎重にやるなら最初からカメラに手がかりが残らんよう普通のおでかけみたいな顔して出ていったらええはずや。

自分が住んでるマンションなんやしカメラがあることは当然知ってたやろ。どうも不自然や。そう考えていくと、もうひとつの線が浮かんでくる」

ここからが本題だ。私は集中する。

「カメラに細工したのは羽浦さんやない。羽浦さんの失踪に関わる人間が、防犯カメラのSDカードを抜いたんや」

「それって……」私は息をのむ。

「羽浦さんは何者かに誘拐、監禁されてる可能性がある。犯人はこのマンションまでやってきて、羽浦さんを連れ去った。その証拠を消すためにマンションのカメラに細工をした。

ただし、犯人は羽浦さんを強引に連れ去ったわけやない。事務所に争った形跡がないからな。つまり羽浦さんは抵抗することなくマンションを出ていった。それはなんでや。犯人が羽浦さんの知ってる人間やったからや」

どくんと心臓が脈打つ。

防犯カメラの細工だけでそこまで推理するなんて。これが人探しのプロか。厄介だとあらためて思う。

けれどうろたえてはいけない。防犯カメラに手を加えた時点で羽浦がマンション内で事件に巻き込まれたと推理されることは想定していた。

下谷はたしかに鋭い。とはいえあくまで推理だ。事件性を裏付ける証拠はない。警察が捜査に乗り出す事態にはならない。

大丈夫。まだ想定の範囲内だ。
私は自分に言い聞かせて下谷を見据えた。

「信じられません」首を振って、おずおずと切り出す。「羽浦さんが誘拐されたなんて。それも、知り合いに……」

「不安にさせて申し訳ないけど、そういう可能性もあることは覚悟しといてほしい」

「そんな」かすれた声でつぶやく。「誰か、心当たりでもあるんですか」

聞きたくはないけどやむなくといったトーンで、いちばん聞きたいことを尋ねる。

「いまのところはおらんね。とにかく多くて」

「多い？」

「知人友人、それに取引先。いろんな関係者に話を聞いてる最中やけど、かなり評判悪いみたいよ、おたくの社長さん」

下谷が呆れたように唇をゆがめる。

「口だけの調子乗り、ちゃらちゃらして女にだらしない、へたれのくせに喧嘩《けんか》っ早い。羽浦さんってどんな人ですか、ってかるく聞き取りしただけで悪口のオンパレードや。初対面の僕にそこまで言うなんてよっぽどやで」

およそ人望があるタイプには見えなかったが、そこまでひどかったのか。

友人知人に嫌われ、家族とは絶縁状態。羽浦の境遇がいまさらながら不憫《ふびん》に思えた。

本当にいまさらだけれど。

「ルイさんたちも大変やったろ。そんな社長の下でアイドルやってたら気苦労が絶えへんわな。労働環境や給与体系だってブラック企業が引くぐらいの劣悪ぶりらしいやん」

下谷が露骨に顔をしかめる。うちの契約書を読んだか、土井から話を聞いたかしたらしい。

「ここだけの話、ルイさんも社長に不満あったんちゃう?」

声を落として訊かれた。

私はためらいがちに、

「不満がないと言えば嘘になります。四年も一緒にやってますから」

「せやろなあ。でないと逆におかしいわ」

「羽浦さんは完璧主義なところがあったので、そういう部分は正直苦手でした」

事実だ。言葉を濁すよりも、ある程度あけすけに打ち明けたほうが怪しまれないと判断した。

「完璧主義者か。そういう人間って自分ができてへんくせに他人には完璧求めてくるよな。前の職場の上司がそうやった」

「苦労されたんですね」

「お互いにね」下谷は同胞を見るようなまなざしになった。

「まあでも。たしかに苦手な部分はありますけど、羽浦さんは頼れる人です。だから私も事務所を辞めずにアイドルをつづけています」

実際はただの惰性だったが。

「それにどこもそんなもんじゃないでしょうか。事務所に対して不満が一切ないアイドルなんていないと思います」

「なるほど。それだけ厳しい業界やということやな」下谷が唸《うな》り、腕時計に目を落とした。「お、もうこんな時間か。長いこと付き合わせて悪かったね」

下谷がタブレットPCをテーブル脇に置いた。

私への聞き取りは終わりらしい。知らず身体の緊張がゆるむ。

それを見透かしたように下谷が顔を近づけてくる。

「最後に一個だけええかな」

人差し指を立てて笑う。目は笑っていない。

「ほんまに羽浦さんに帰ってきてほしい？」

じっと目を覗きこんでくる。心の奥底を見透かそうとしているようだった。

やはり私もリストに入っているらしい。羽浦の失踪に関わる容疑者として。

ぶしつけな質問に怒ったり不快をあらわにするような演技はせず、率直な気持ちを伝える。

「帰ってきてほしいです」

口にすると胸が苦しくなった。言葉にしたことであらためて実感する。私は心の底から羽浦に帰ってきてほしかった。

羽浦が何事もなかったかのように帰ってきて、これまでと変わりなく私たち三人がアイドルをつづけられたら。

絶対に叶《かな》うことがないとわかっていても願ってしまう。

私自身も驚くほど実感がこもっていたからか、下谷は意外そうに目をしばたたき、

「わかった。全力で捜す」と力強くうなずいた。

「よろしくお願いします」と私は頭を下げた。

どうにか乗り切れた。はずだ。

下谷は事件の線で調査を進めているし、私への疑いもゼロではないだろう。

しかし最後の問答で警戒が一気に下がった感があった。おそらく私は容疑者リストの順番でいえば下のほうだ。

「今日は時間とってもらって悪かったね。聞きたいことあったらまた連絡させてもらうかもしれんけど。そのときはよろしく」

「はい、わかりました」

席を立とうとする私に、

「こいつらのためにも早く主人を見つけてやらんとなあ」

下谷が部屋に置かれた楽器に視線を投げる。ジャズベース、プレジションベース、最後にウッドベースを見上げた。

「おっきいベースやねえ。これオーケストラとかでも使うやつやろ」

「そうですね」

私はウッドベースから目をそらして言った。あの楽器を見るたび、羽浦の死体が頭をよぎる。

「大の男よりでかいベースか。運ぶの大変そうやな」

背中に冷たいものが伝った。平然を装って私は答える。

「重量もあるし大変でしょうね」

声は震えていないはずだ。

「移動だけで筋トレになりそう」

下谷はかるく笑うだけで、それ以上話を広げてこなかった。私の反応をうかがうこともなく、今度はＣＤラックをしげしげと眺め、「すごいＣＤの数。店開けるレベルやん」とつぶやく。

どうやらただの雑談だったらしい。ウッドベースが物珍しいから、話題にしただけのようだ。

身体にのしかかる緊張がふっと消える。私はその場でへたりこみそうになるのをこらえて、立ち上がった。

「失礼します」

いまだ激しい心臓の動悸を感じながら部屋を出た。

最後の最後でひやりとしたが乗り切れた。かといって何ら安心はできない。

まだ三分の一の行程が終わったに過ぎないのだ。

リビングに戻ると、事務所の面々がいっせいに私を見た。

「おつかれさまです」

土井が事務的に言った。テルマとイズミは不安に表情をこわばらせている。二人の聞き取りはこれからだ。

テルマがゆらりと立ち上がる。次は彼女の番だ。

伝えたいことがたくさんある。けれど不用意に声はかけられない。私は祈るほかなかった。

相手は手ごわい。どうか気をつけて。

テルマは二十分ほどでリビングに戻ってきた。

興信所の聞き取りを受けたその表情は疲れてこそいたが、恐怖や動揺はうかがえない。それどころかうっすらと安堵の色があった。

テルマも乗り切ったらしい。

これで三分の二の行程が終了した。

隣のイズミがスマートフォンをしまい、立ち上がった。横顔に硬さはあるが、過度な緊張はしていない。いよいよ彼女で最後だ。

私たち三人は一瞬だけ目くばせしあった。言葉はなくとも互いの気持ちが伝わる。

あと少し。絶対に切り抜けよう。

イズミが部屋の中に消えた。

リビングに残された私とテルマは会話することもなく、それぞれにスマートフォンの画面に目を落とす。土井はノートパソコンで仕事をしている。

静かなリビングに聞こえるのはパソコンのタイピング音だけだ。

耳を澄ませても奥の部屋の会話は漏れ聞こえてこない。このマンションは古いが防音はしっかりしている。

私はインスタグラムの投稿を見つつ、素早くメッセージを作成した。

『どうだった？』

メッセージを送ると、すぐテルマから返信がきた。

『いろいろ聞かれたけど疑われてはないと思う。最後のほうはほぼ世間話やったし』

『それならよかった。おつかれさま』と私は打ち返す。

『イズミは大丈夫なんかな?』

『私がどんな質問をされたかは事前に伝えてある。ある程度の準備はできたと思うよ』

テルマが聞き取りされている間、イズミともメッセージでやり取りした。

『やから、あの子結構落ち着いてたんか。ほんなら大丈夫そうやな』

『そう信じて待とう』

『うん。でも待ってるだけもつらいな。いまどんな話してんのか教えてほしいわ』

『さすがに興信所と話してる最中にインスタはできないよ』

私たち三人の間で、見られたくないやり取りをするときはインスタグラムのメッセージと決めていた。証拠として残らないようメッセージは自動的に消えるよう設定してある。専門の業者でなければメッセージの復元は難しいだろう。

秘匿性の高いメッセージアプリは他にもあるが、私たちの世代で使用頻度が高くいつ使っていても不自然でないことからインスタグラムを選んだ。

私とテルマはインスタグラムを見ているふうを装ってメッセージのやり取りをしながら、イズミが戻るのを待った。

土井がパソコンのキーを打つ手を止めたのは、イズミが部屋に入って四十分が経過したころだった。

土井が部屋のほうを見やるのを横目に確認していると、私のスマートフォンにテルマからのメッセージがきた。

『長ない？』

テルマはスマートフォンに視線を落としたままでいる。顔つきは険しい。

たしかに長い。私とテルマは二十分足らずで終わった。

『何してるんやろ』『雑談してるだけ？』『ほんまに大丈夫なんかな？』

矢継ぎ早にメッセージが飛んでくる。テルマの心配は当然だ。

イズミは主犯だ。彼女にのしかかる精神的な負担は共犯者である私たちの比ではない。第三者から事件を疑われるだけでも相当なプレッシャーになるはずだ。

興信所の鋭い推理には私も戸惑った。それはイズミにとってさらに鋭利な脅威となるだろう。何とか耐えようとしても小さなほころびが生じるかもしれない。

その小さなほころびから罪が暴かれることは充分ありうる。

もちろんイズミの負担や興信所の鋭さは想定していたことであり、事前にどう受け答えるかを入念に打ち合わせて今日ここに来た。それでもやはり不安は拭えない。

私はスマートフォンから顔を上げ、閉ざされたドアを見た。あの向こうで何が起きているのだろう。

質問攻めにあっているのか。証言の矛盾を指摘されているのか。何か証拠を突きつけられているのか。

悪い想像ばかりが浮かぶ。私はかるく頭を振って想像を追い払い、テルマにメッセージを返信した。

『きっともうすぐ終わるよ』

十五分後、イズミは戻ってきた。

イズミは顔いっぱいに疲労を浮かべ、崩れるようにスツールに腰を落とした。

テルマがおそるおそる尋ねる。

「大丈夫?」

「うん。いっぱい話してちょっと疲れただけ」

イズミがぼんやりした様子で答える。

本当に話しこんで疲れているだけなのか、それとも致命的な何かが露呈して放心しているのかは判然としない。

興信所から何を訊かれ、イズミはどう答えたのか。

詳しく確認したいが、ひとまずここを離れることが先決だ。

「土井さん、今日はもう帰っていいですか。イズミも疲れてるみたいなので」

私の言葉に、土井がうなずいた。

んでした」

「ええ。あがってもらってかまいません。レッスン終わりにご無理を言ってすみませ

「じゃあ、お先に失礼します」

私とテルマは、イズミを支えるようにして事務所をあとにした。

マンションの下までタクシーを呼び、三人で乗りこむ。

私たちの間にただよう空気が深刻だったせいか、運転手は訝し気な様子を見せたが、特に何も言わず車を発進させた。


タクシーでイズミの自宅に帰った私たちはリビングに集まった。

「羽浦さんと最後に会った日のことが引っかかったみたい」

イズミはミネラルウォーターを口に含み、とつとつと話す。

「あの日、わたしだけ接待に行かへんかったやろ。そこを興信所の人に掘り下げられて話が長引いた」

「接待の間何してたかをしつこく訊かれたん？　イズミひとりだけアリバイないから怪しまれたってこと？」テルマが早口に尋ねる。

「ううん、アリバイ云々《うんぬん》というより、なんでわたしだけ接待に呼ばれてないんかに疑問を持たれた。いつもルイとテルマに接待やらせて、わたしは一回も参加してなかっ

たやろ。それがなぜかを興信所の人に質問された」

「その質問にはどう答えたの」今度は私が尋ねる。

「わたしはアイドルの仕事で売上ノルマを達成してるからですって答えたよ。接待はノルマ未達成のメンバーの仕事やから、わたしは呼ばれなかったんだと思いますって」

イズミはばつが悪そうに目を伏せる。「この答えでよかったよね？」

「うん。問題ない」

事前に打ち合わせた通りの回答だ。接待は売上に貢献できていないメンバーの仕事。実際に羽浦が発言していたことだ。

「そう答えて興信所に納得してもらえなかったの？」

責めているみたいに聞こえないよう、私は努めてゆっくり言った。

「わからん。でもそこから質問の流れが変わった気がする」

「どんなふうに」

「羽浦さんと普段どんな感じで接してたかをこと細かに訊かれた。どんな会話をしてたか、仕事以外でも羽浦さんから連絡がきてたかとか。そういう質問」

「なんやそれ。あたしにはそんな質問まったくなかったで」テルマが首をかしげる。

「そんな質問してくるってことは」

後を継いで私は言った。「羽浦さんがイズミに好意を持ってたかどうかを確認したかったのかな」

売上ノルマを達成しているからというのは建前で、異性としてイズミに特別な感情があったから接待に参加させなかったのでは、と興信所は考えたのではないか。

「それで？　羽浦さんとの関係性を訊かれてイズミは何て言ったの」

「普通に社長とアイドルの関係ですって言った。一緒におるときは日常会話くらいはするけど、仕事以外で羽浦さんと会うことはないし、業務連絡のほかに私的な連絡がくることはありませんでしたって」

「うん、それで問題ないと思う」

「あたしらもそう思ってたしな。羽浦さんとイズミが特別仲が良いようには見えへんかった」とテルマ。

「それならよかった」イズミが少しほっとした顔になる。「でも、興信所の人はそのあともいろいろ質問してきてさ。羽浦さんとはじめて出会ったのはどこか、どうやってスカウトされたのか、なんで事務所に入ろうと思ったのかまで問い質《ただ》された」

「なんでそんなこと知りたがったやんやろ。捜索の手がかりにならんやろ」テルマが首をひねった。

行方につながるとは私も思えない。だとすれば質問の意図はべつにある。

「興信所はイズミと羽浦さんの関係を疑ってるのかも。二人は特別な関係だったと考えている可能性がある」

　二人がぎょっとした。

「なんでばれたん。あたしらでさえ気づいてなかったのに」

「わたし誰にも言ってないよ。友だちにも家族にも秘密にしてた」

　慌てふためくテルマとイズミに、

「落ち着いて。あくまで可能性だよ」

　私は嚙んで含めるように言った。

「興信所は防犯カメラが細工されてただけで羽浦さんの知り合いが関わっていると推理したでしょ。イズミが接待に参加してなかったという理由だけで羽浦さんと恋愛関係にあったんじゃないかと発想を飛躍させても不思議じゃないよ」

「なるほど。たしかにな」テルマが首肯する。

「わたしだけが優遇されてたから疑われてるんか」イズミが眉をひそめた。

「疑われるレベルまではいってへんやろ。気になったから詳しく確認してみたぐらいの話やって」

　テルマがかるい調子で言った。重い空気にしないための配慮だろう。

　そう簡単に楽観できる状況にはないが、私は異論を挟まなかった。

　興信所とのやり取りで疲労困憊《こんぱい》しているところへ、さらに不安要素を伝えるのは酷だ。特にイズミは疲弊している。こんな状態で懸念をあげつらえば精神的に参ってしまうかもしれない。

興信所と会った直後に体調を崩したなんてことになったらそれこそ怪しまれる。

私は諸々の不安材料をとりあえず脇に置いて、

「安心ってわけにはいかないけど、今日のところは興信所の調査をしのげたと思うよ。あとはゆっくり休もう」

そう言って笑いかけた。

場の空気がふっとやわらぐ。二人の頬もほころんだ。

テルマが椅子にもたれて伸びをした。

「とりあえず何か食べへん？　ばり腹へった」

「やっぱテルマお腹すいてたんや。事務所おるときすっごいお腹鳴ってたやんなあ」

イズミが微笑む。

それなら私も聞いた。「犬の唸り声かと思ったよ」

「犬て。誰がトイプードルやねん」

「そんなかわいい犬種ちゃう」イズミがつっこむ。「いかつい大型犬の唸り声やったよ」

「テルマのお腹がなるたび、土井さんがぴくって反応してたよね」

私が言うと、二人は笑った。

やみくもに怯えるよりこっちのほうがいいだろう。ずっと張りつめていたら身体がもたない。

綱渡りのように危なっかしくはあるが、大きな難局のひとつを切り抜けることはできた。

今日はしっかり食事をして、あたたかい湯につかり、たっぷりと眠る。半日ぐらいは何も考えず休息に充ててもかまわないだろう。

興信所は私たちだけを調査しているわけではない。羽浦に不満を抱く人物は多いと言っていた。それらの人物ひとりひとりのアリバイ調査をするだけでもかなりの時間を要するだろう。

もし興信所が私たちに再びアクションを起こしてくるとしてもまだ先のはずだ。少なくとも今日明日の話ではない。

私はそう結論づけた。

浅はかだったと言わざるをえない。

興信所がイズミの大学にやってきたのは、翌日のことだった。

リビングには重苦しい空気がたちこめている。

「試験終わって帰ろうとしたら、大学の校門にあの人が……興信所の人がいた。それで、いきなり話しかけてこられて……」

イズミの顔は青白い。

「何て言われたの」私は尋ねる。

「聞きたいことがあるから少し話がしたいって。予定あるから無理って断って帰ってきたけど」

黙っていたテルマがおもむろに口を開いた。「聞きたいことって？」

「わからん。とにかく早く離れたくて確認する余裕もなかった。ごめん」

「それはしゃあないて。いきなり来られて冷静に対応なんてできへんわ」

「そうだね」私はテルマに同意する。「むしろ焦って対応しなくて正解だった」

気が動転して余計なことを口走っていたかもしれない。相手はそれが狙いだったのだろうが。

「よりにもよってイズミがひとりで大学行ってるときに興信所が来るなんてな。タイミング悪いわ」

大学の試験は一コマだけだし今日はひとりで大丈夫だとイズミが言うので、私とテルマは付き添わなかった。

とはいえ私たちが付き添っていたところで事態は好転しなかったろう。むしろなぜ大学にまでついてきてるのかと疑念を持たれかねない。

「また連絡するって興信所の人は言うてた」イズミは唇を噛む。

「しつこいなあ。昨日さんざん話したやん」テルマが悩ましげに腕を組む。「そうまでして聞きたいことって何なんよ」

「イズミと羽浦さんがどういう関係にあったか、もう一度詳しく聞きたいのかもしれない」

興信所は二人の関係性にこだわっていたという。可能性としてはいちばん高い。

「聞きそびれたことがあるから確認したいってこと？」

「いや、それなら大学にまで押しかけてはこないと思う」

不意打ちで動揺を誘うような真似はしないはずだ。

「興信所がイズミから何を聞きだしたいのかははっきりしない。ただ、不意打ちみたいに訪ねてきたのにはよっぽどの理由があるはず」

「よっぽどの理由って」テルマが絶句する。

「……わたしが疑われてる？」イズミは消え入りそうな声で問うた。

「そう考えておいたほうがいいと思う」

この期に及んで気休めは無意味だ。興信所は他の調査を差し置いてまでイズミのもとにやってきた。準備ができぬように不意を衝いて。

イズミは疑われていると覚悟したほうがいい。昨日の聞き取りの際に何か不審な点があったのだろうか。イズミの挙動がおかしかったり、証言に矛盾があったから怪しまれているのだろうか。

あるいは見つかったのかもしれない。羽浦の失踪にイズミが関わっていることを示す手がかりが。

いずれにせよまずい。興信所の目をイズミから逸らさなければいずれ決定的な――

私の思考をさえぎるように物音がした。イズミのスマートフォンがテーブル上で短く震える。

イズミはおずおずとスマートフォンに手を伸ばして画面を見ると、

「もういや……」

スマートフォンを放り投げるように置いてテーブルに突っ伏す。

投げ置かれたスマートフォンには一通のメッセージが表示されていた。

『下谷です。今日はいきなり失礼しました。また時間の都合つく日わかったら教えてください。忙しいのは重々承知やけど大事な話なので』

興信所からのメッセージだった。

私とテルマはスマートフォンを覗きこんだまま言葉を失う。テルマの顔は青白く引きつっていた。きっと私も同じような表情をしているはずだ。

大事な話。

興信所はいったい何を話すつもりだ。イズミから何を聞きだすつもりだ。

「だ、大丈夫やって。そんなたいしたことちゃうって」

テルマのうわずった声は事態の深刻さを物語っている。

私は何も答えることができず、イズミはテーブルに突っ伏したままでいた。

もはや楽観でやり過ごせる状況にはなかった。

大事な話と言うからにはそれだけの材料があるはずだ。やはり手がかりが見つかったのだろうか。それとも推理で導き出したか。あの男は勘が鋭かった。

防犯カメラの細工、グループ内で優遇されていたイズミ、成人男性よりも大きなペース。

それらのばらばらのピースを勘を頼りに繋《つな》ぎ合わせ、イズミが怪しいと結論づけたのかもしれない。

過程はどうあれ、興信所の追及を躱《かわ》すことができなければ、イズミの立場は一気に危うくなる。

アリバイを徹底的に検証され、しつこくつきまとわれ、やがて事件につながる証拠が見つかる。そして警察が介入する。

そうなれば万事休すだ。私たちの計画は破綻する。

ひょっとするとすでに警察を動かせる証拠は発見されているのかもしれない。さすがにそれは考えすぎか。いや、でも。

室内の空気はいっそう重くなった。誰も口を開かなかった。でも考えていることはたぶん三人とも同じだ。最悪の状況を想像している。

暗い水の中で溺れる自分たちの姿が脳裏をよぎった。果ても知れないほど深い水底に堕ち、テルマとイズミはもがき苦しむ。その姿があまりにもリアルだったから私は身震いした。

いやだ。二人のそんな姿は見たくない。

興信所の腹のうちは読めない。イズミから何を聞き出すつもりなのかも定かでない。わかるのは方法を誤れば最悪の状況に陥るということだけだ。

どうする。どうすれば興信所の追及を躱せる。

静寂に耳をなぶられながら私はひたすら思案を巡らす。

もしも追及を躱すことができなかったときはどうする。

罪を認めるのか、あるいは――

その日もまた、家族の夢を見た。

長期出張で家を留守にしていた父が帰ってきたところから夢ははじまる。

出張の成果が芳しくなかったらしく、父は以前にも増して荒れだした。家にいるときは朝から酒を飲み、近づくだけで怒鳴りちらすようになった。

父の帰還で家庭の平穏はあっけなく壊れた。元気になりつつあった母は表情を失い、幼い妹はひどく怯え、かたときも私のそばを離れようとしなかった。

息苦しい生活に逆戻りだ。

心穏やかに暮らせていたのに。みんな笑えていたのに。

父のせいだ。父がいなければ——

私はその思いを強める一方で、相反する気持ちも抱えていた。

一刻も早く父と離れたほうがいいことは子供心にわかっていた。でもそう考えるたび、やさしかったころの父の姿が頭をよぎった。

寝る前に絵本を読み聞かせてくれたこと、動物園で肩車してくれたこと、トンボの捕まえ方を教えてくれたこと。

断ち切るには思い出が多すぎた。

だから私は信じるほかなかった。いつかあのころの父に戻ってくれる。家族四人で仲良く暮らせる日がきっとくる。そう祈りつづけた。

祈りは届かなかった。

家族の崩壊はある日突然にやってきた。

母が離婚を切り出したのだ。子ども二人を連れて家を出ていくと。

父は怒り狂った。離婚届の紙を引き裂き、すさまじい罵倒を浴びせた。

母は揺らがなかった。普段はひたすら耐え忍ぶだけの母が、真っ向から父に立ち向かった。決死の覚悟だったのだろう。ここで退けば二度と立ち上がる勇気を振り絞れないと思ったのかもしれない。

暴言で怯まないと見るや、父は暴力に頼った。これまでも力で母を屈服させることはよくあった。けれどその日はちがった。

本気の暴力だった。父は本気で母を痛めつけた。

はじめこそ必死に抵抗していた母だが、腕力で敵《かな》うはずもなく、床を這いずるようにして逃げ惑った。それでも父は止めない。本気の暴力を振るいつづける。

このままでは母が死んでしまう。

そう思うけれど私は動けなかった。やめて、と声をかけることもできなかった。あまりの恐ろしさに私は妹を抱きながら部屋のすみで震えた。

やがて失神した母は床に倒れ伏した。

するとだ。妹が私の腕を押しのけて、母のもとに駆け寄った。

姉である私が声を出すこともできず震えているのに。妹はもっと怖かったはずだ。

それでも母を守ろうと妹は懸命に立ち上がった。

妹はかばうように母の身体に覆いかぶさった。もうたたかないで、と舌ったらずな声で懇願した。

父は一瞬動きを止めた後、目をつり上げた。大きく右足を振り上げると、思い切り妹を蹴った。まだ五歳になったばかりの子を一切の容赦なく、全力で蹴り上げた。

妹は勢いよくころがって頭から壁にぶつかった。嫌な音がした。悲鳴もなく倒れる。妹はぴくりとも動かない。

何が起きたのか理解できず放心した。

数秒後、恐怖の硬直が解けた私は妹に駆け寄った。血は出ていない。口元に顔を寄せる。息はしていた。だが、いつどうなってもおかしくないほどに弱々しい。

母も早く手当しないと大変なことになる。一刻の猶予もない。

私は父を見上げ、「お父さん。救急車」そう乞うのが精一杯だった。

父は荒い息を吐きながら、「ほっとけ。いちいち大事にするな」とダイニングに向かった。そして何事もなかったかのように酒を飲みはじめた。

父が何を言っているのか、何をしているのか一瞬本当にわからなかった。たぶん理解したくなかったのだ。現実を受け止めたくなかったのだ。

家族がこんな状態なのに放っておけるのか。暴力を振るいながら平然と酒が飲めるのか。

ようやく私は気づいた。思い知った。

そうか。もうちがうんだ。

父にとって私たちはもう家族じゃないんだ。どうなってもかまわない存在なんだ。

じゃあ敵だ。この男は大事な者を奪い去る脅威だ。

排除するしかない。

私の中の何かが弾けた。視界が真っ赤に染まり、飛び出しそうなほど心臓が激しく高鳴る。

気がつくと私は包丁を握っていた。鋭利な刃先を父に向けていた。

父が驚愕《きょうがく》の表情を浮かべる。手にしたグラスが落ちた。琥珀《こはく》色の液体がテーブルに広がる。

大声で何かを叫んでいる。よく聞こえない。敵の言葉に耳を貸す必要はない。

私は包丁の柄を両手でしっかりと握りしめた。

敵を排除するために一歩踏み出す。


昼下がりの楽屋に少女の甲高《かんだか》い笑い声が響く。ライブを終えた他グループのアイドルたちが談笑している。

その一団から距離を置いて私たちは楽屋のすみに座りこんでいた。いまからライブとは思えないくらいに表情は沈んでいる。

「いよいよ今日やな」

テルマがため息交じりに言った。

興信所とは今夜話すことになっている。大事な話がある、とイズミ宛にメッセージが届いたのが三日前。それからずっと策を考えてきたが、いい案は浮かばなかった。大事な話とはいったい何なのか、それによって私たちの立場がどうなるのか。今夜明らかになる。

「わたしはしらを切り通す」

ぼんやりと床を見ていたイズミが顔を上げた。

「もし証拠を突きつけられても、わたしは何も知らんふりをする。それでええよね?」

「うん。それでいい」と私は返す。

それ以外に術《すべ》がない。

興信所が言い逃れできないような証拠を突きつけてきたとしても、知らぬ存ぜぬで押し通す。

たとえ崖っぷちに追いつめられようと、こちらが不利になるような事実を認めてはいけない。断崖絶壁での自白なんてもってのほかだ。

どれだけ怪しまれ疑われても素知らぬふりを貫く。

苦肉の策だ。いや、策とすら呼べない。

けれど興信所がどんな証拠を持っていようと、真に決定的な証拠は土の中だ。それが掘り起こされない限り、イズミを罪に問えはしない。誰も私たちを裁くことはできない。

羽浦の死体は私たちを守る最後の防波堤といえる。

もしも万が一、その防波堤が壊れた場合はどうするか。

興信所がすでに死体を埋めた場所まで突き止めていたら？

想像するだけで目まいがするような状況だが、そうなったときの対応策は考えてある。

私が興信所の男を——

「ルイ。大丈夫？」

はっと我に返った。

テルマがこわごわ話しかけてくる。

「すごい目してたで」

頭の中のイメージが表情に漏れ出ていたらしい。

「平気。考え事してただけ」

対応策のことは二人に相談していない。必要になれば私ひとりで実行するつもりだ。
会話が途絶えて楽屋が静かになる。
どんよりとした沈黙のなか、
「興信所がどんなこと訊いてくるかわからんけど」
鬱々とした空気を打ち消すようにイズミが微笑む。
「何があっても二人のことは喋ったりせえへんから」
大きな瞳いっぱいに悲壮感がにじんでいた。死地に赴く兵士のようだった。
私は何か言おうと口を開こうとしたけれど、そのまえにスマートフォンが震えた。
登録していない番号からの電話だった。ただ、見覚えがあるような気がした。
まだスマートフォンは震えている。迷った末、私は電話をとった。
『もしもし』
受話口から声が届いた瞬間、立ち上がっていた。
何事かと視線を投げてくる二人に、大丈夫だと手振りで伝えて、私は楽屋を出た。
誰もいない廊下の突き当りまで移動してから応じる。
「どうしたの」
『忙しいところすまない。訊きたいことがあって電話したんだ』
河都の声が耳朶《じだ》を打つ。その落ち着いた低音に安心する自分に嫌悪した。

『もしかしてライブの最中？』ステージの演奏が聞こえたらしく、河都は気づかわしげにつづけた。『折り返そうか』

「いいよ。まだ出番まで時間あるから。それより訊きたいことって？」

見当はついているが確認した。

『昨日の夜、興信所の下谷って男から電話があったよ。羽浦が行方不明だって』

やはり羽浦の件か。興信所は河都にも聞き取りを行ったようだ。

「興信所とはどんな話をしたの」

『羽浦との関係性について細かく質問されたよ。僕も参加した食事会の後で羽浦は姿を消したそうだね。だから僕が失踪に関係しているんじゃないかと疑っていたみたいだ。尋問みたいな雰囲気だったよ』

小さな吐息が聞こえた。

『僕は食事会の後、すぐ東京の家に帰って、翌日からは家族と旅行に出かけていたんだ。でも、それを伝えてもなかなか納得してくれなくてね。妻と子どもにも証言してもらって、どうにか疑いを解いたよ』

「そう」

突き放すような相槌が口をついて出た。慌てて言い添える。「それならよかった」

『ああ。だけど羽浦が二週間近くも音信不通だったなんて全然知らなかったよ』

「ごめんなさい。こっちもばたばたしていて連絡するのを忘れてた」

実際は大事になるのを少しでも遅らせたかったからだ。

『いや、いいんだ。謝らないでくれ。ただ本当に驚いたよ。まさか羽浦が……』

スマートフォン越しにも沈痛な思いが伝わってきた。お互いを励ますように河都は明るい調子で言い継ぐ。

『まあ羽浦のことだからひょっこり帰ってくると思うよ。あいつ、ああ見えてすごく繊細なんだ。大学時代も留年が決定したとき、ショックのあまりしばらく行方をくらませたんだよ。今回もきっと似たようなケースだ。元気になったらちゃんと戻ってくるよ』

「私もそう信じてる」

『ああ、必ず帰ってくる。信じて待とう』

力強い言葉は、私の中にむなしく響いた。

『ところで事務所のほうは大丈夫？　羽浦の不在で困っているだろ』

「いまのところ大丈夫。マネージャーの土井さんがいるから」

そうか、と河都は安心したように息をはき、さらに尋ねる。

『ルイは大丈夫なのか』

すぐに言葉が出てこなかった。

大丈夫じゃないと言ったら駆けつけてくるのだろうか。秘密を打ち明ければ助けてくれるのだろうか。

馬鹿な考えだ。河都にすがってどうする。藁《わら》を摑むよりもずっと愚かだ。

「大丈夫だよ。ありがとう」

静かに答えた。

河都はまだ話をしたそうだったが、「ごめん。マネージャーに呼ばれた」と嘘をついて通話を終えた。

私はかび臭い廊下を引き返し、テルマとイズミが待つ楽屋に戻った。

ほどなくして楽屋に土井が現れた。

「そろそろです。準備をお願いします」

相変わらずの無表情で何を考えているのか読めない。だが興信所から調査の進捗《しんちょく》は聞いているはずだ。何も言ってはこないが、土井もイズミを疑っているのだろうか。

私たち三人は楽屋を出て、ステージにつづく廊下を移動する。

途中で背中に強い視線を感じた。反射的に私は振り返る。

土井がじっとこちらを見ていた。表情はない。けれど眼差《まなざ》しは鋭かった。ライブに向かう私たちを見送るというより、睨みつけているように感じられた。

やはり土井も疑っているようだ。

動揺はなかった。心は冷たく凪いでいた。

ルイは大丈夫なのか。河都の声がよみがえる。聞こえないように耳をふさいだ。

誰にも頼ることはできない。私がやるしかない。

興信所だけでなく、もしものときは土井も――

暗い決意を胸に秘めて、まぶしいステージに上がる。


ライブは問題なく終わった。

テルマがダンスの振りを間違えるというめずらしいミスはあったが、公演自体はそこそこに盛り上がった。

ライブ後の特典会もつつがなく終わらせ、私たちはライブハウスをあとにした。

この後は車で事務所に戻り、来月の周年ライブの打ち合わせをすることになっている。

「駐車場まで少し歩きます。ライブハウスの近くがどこも停められなかったので」

土井が先導して国道沿いの歩道をゆく。その表情は石のように動かない。ぱっと見れば無表情に思える。

だが四年弱の付き合いがある私には、普段とちがうとわかった。いつにも増して表情に硬さがある。まとう空気もかすかにぴりぴりしている。

間違いない。土井は緊張している。理由は考えるまでもない。イズミが興信所と今夜話すからだろう。

事務所での打ち合わせというのはただの名目で、逃げたりしないよう夜まで見張るつもりなのではないか。

特典会の最中もしきりにスマートフォンをチェックしていた。興信所と連絡をとりあっていたのかもしれない。

どんどん悪い方向に向かいつつある。一寸先に奈落が広がっているようなそら恐ろしさを感じた。

いっそのこと土井に打ち明けてしまおうか。何が起きたのか洗いざらい話し、事件にしないよう訴えるのだ。そうすれば彼も協力してくれる可能性がある。

とてつもなくリスクは高い。失敗すればその時点でおしまいだし、土井にとって私たちがそこまで重要な存在とは思えない。人生を棒に振る危険を冒してまで共犯者になってくれるとは考えにくい。

説得は最後の手段だ。もうどうしようもなくなったときは、泣き落としでも何でもいいから土井を味方に引き入れるしかない。

それでも聞き入れてもらえなければ——覚悟を決める。非情に徹する覚悟を。

思索にふけっている間に着いた。

そこは地下駐車場だった。

コンクリート打ち放しの空間にぽつぽつと車が停まっている。事務所の車はいちばん奥にあった。

土井を先頭にして駐車場内を歩く。ひとけはない。聞こえるのは四人の足音と私たちが運ぶキャリーケースの車輪の音だけだ。

なぜか嫌な予感がした。昏い予兆が全身を駆けめぐった。

思わず私は立ち止まる。少し前をゆくテルマが不思議そうに振り返る。

それとほぼ同時に、柱の死角から男たちが現れた。スキンヘッドとオールバックの二人組だ。どちらもスーツ姿だった。

二人組は迷いのない足取りで私たちの行く手を阻む。

誰だ。何だ。

戸惑う私たちにオールバックのほうが話しかけてくる。

「ベイビー★スターライトの方たちですね？」

「はい、そうですが」土井が応じた。

向こうは私たちのことを知っている。ファン？　いや、こんな二人組はライブで見たことがない。

「突然すみませんね。少しだけよろしいですか」

オールバックの物腰はやわらかい。一方でスキンヘッドは威嚇するように睨めつけてくる。

興信所の人間？　あそこは個人経営だからスタッフはいないはずだ。

じゃあこの二人組の正体は。まさか。

「私ら、こういう者でして」

オールバックがスーツの内ポケットから二つ折りの手帖を取り出し、開いてみせた。顔写真と所属、そして旭日章《きょくじつしょう》。

血の気が引いた。私は膝から崩れそうになるのをかろうじてこらえた。テルマとイズミは目を見開いて凍りついている。

「警察の方がいったい何の用でしょう」

土井の声はこわばっている。そうか。緊張していたのはこれが理由か。こうなることを知っていたんだ。

甘かった。完全に読み間違えていた。すでに警察は動いていたのだ。

「そちらの女性に用がありましてね」

警察たちがイズミに視線を投げる。嫌な予感は確信に変わる。

事態は悪い方向に向かいつつあったのではない。

「沢北《さわきた》イズミさん」警察はイズミをフルネームで呼び、白い紙を掲げた。「あなたに逮捕状が出ています」

私たちはすでに最悪のただ中にあった。

呼吸すらも憚《はばか》られる静寂。

最初に口を開いたのはテルマだった。

「ちょっと待って。逮捕？　え、なにそれ。そんな、うそですよね」

「うそじゃないですよ。令状もあります」

オールバックは自分が掲げた紙を指し示す。そこには『逮捕状』とはっきり記されてあった。

「いやいや。そんな薄っぺらい紙一枚だけで納得できませんて」

「納得できないと言われてもね。こうして令状が出てるわけだから」

「なんでイズミが逮捕されなあかんのですか」テルマが食ってかかる。「意味わからんでしょ。ちゃんと説明してくださいよ」

「そのへんのことはまたあらためてね」面倒くさそうにいなし、イズミに視線を戻した。「とりあえず署に行きましょう」

警察たちがイズミに詰め寄る。状況を理解できないほど混乱しているのか、イズミは微動だにしない。

「待ってや。なんでイズミが逮捕されなあかんの。ほんま意味わからん。イズミ何もしてないって」

「テルマ」

私は短く制した。令状が出ている以上、いくら騒いでも覆りはしない。むしろ悪手だ。

「ここは抑えて」

耳打ちしてもテルマは止まらない。

「やめて。イズミに近づかんといて」

警察は無視して、抜け殻のように佇《たたず》むイズミを囲んだ。スキンヘッドのほうが手錠を取り出す。

「手錠なんかせんでよ。犯罪者やないねんから」

大声が駐車場に反響する。いまにも飛びかかりそうだ。

「テルマ」私はもう一度言った。

警察はこちらを一瞥することもなく淡々と仕事を進める。

イズミの細い手首に手錠がかけられる。かちゃりと金属がはまり合う音がした。それは私たちの計画が崩壊する音でもあった。

「やめろって言うてるやろが」テルマが拳を振り上げる。

「だめ」私はテルマを後ろから抱きとめた。耳元で呼びかける。「いまは我慢して。

お願い。お願いだから」

テルマまで捕まったら本当に救いようがない。

目を剝いて地面を蹴るテルマを私は必死で押さえた。土井は呆けたように立ちすくんでいる。

警察もさすがに面食らって動きを止めた。

そこへ場違いにかろやかな声がした。

「大丈夫。心配せんといて」

イズミがにっこりと笑う。

私とテルマは言葉を失った。どうしようもなく最悪の状況で、なんでそんなにまぶしく笑う。

「ぜんぶ何かの間違いやから。話せばわかってもらえるよ。ごめんやけど、それまでちょっとだけ待ってて」

イズミは微塵《みじん》の動揺もなく言いのけた。あまりに堂々としている。共犯者の私さえ、彼女に罪などないと錯覚するほどだった。

イズミが警察のほうを向く。

「行きましょう。車はどこですか」

「え、ああ、えっと」

警察の二人がきょろきょろと周囲を見渡す。イズミの落ち着きぶりに驚いているのは私たちだけではなかった。

「早く連れて行ってください。これでも結構忙しいんですよ。明日もライブあるし」

小さく笑う。どちらが逮捕される側かわからない。

「あの車です」

警察が少し離れた場所にあるセダンを指差す。

「わかりました」

イズミはぴしと背筋を伸ばしてセダンのほうに歩きだす。

ランウェイをゆくように颯爽《さっそう》とした後ろ姿だった。連行されているというより、警察を従えているみたいだ。

けれど彼女は紛れもなく逮捕者で、この後きびしい取り調べが待っている。

「イズミ――」

テルマが振り絞るように言った。

イズミは足を止めて振り返る。

「そんな顔せんといて。こんなところで終わるわけないやん。わたしらはまだはじまってもないいんやから」

明るくつづける。

「時間かかったけど、できたよ。テルマにずっと言われてたことが、やっとできた」

「できたって……何が」

「アイドルとしての覚悟」

大きな瞳に求道者のような光をたたえ、

「絶対に獲ろ。アイドルのてっぺん」

イズミは微笑んだ。

その美しさに私は息をのむ。

両手に手錠をかけながら微笑むイズミはどこまでも気高く清らかだった。スポットライトも当たらない殺風景な地下駐車場の中にあってなお、きらきらと輝いていた。おぞけがするほど、まぶしかった。

私もテルマも、土井さえも魅入られたように固まっていた。

車が走り去る。後部座席に座らされたイズミは最後まで笑顔のまま駐車場を出ていった。

車が消えた出入口を見ながら、私とテルマは手を握りあう。二人で支え合わないと立っていられなかった。

ほどなくして一台の車が駐車場に入ってくる。

パトカーだった。

運転席と助手席に制服姿の警察官が乗っている。パトカーは威嚇するように赤ランプを点灯させてこちらに近づいてくる。

「なにあれ。なんでパトカーまで来るん」

テルマが悲鳴に近い声を発した。

重要参考人として私たちも連行する気か。共犯であることも調べがついているのかもしれない。

「心配ない。イズミもそう言ってたでしょ」

私はつなぐ手に力をこめた。

イズミは諦めていなかった。警察に連行されるくらいで白旗を上げるわけにはいかない。私たちはこんなところで終われないんだ。

「顔を上げて」

私の言葉にテルマがうなずいた。手をつないだまま前を見据える。

ゆっくりとパトカーが近づいてくる。

じょじょに車内が見えた。警察官は二人。そこで気づく。

妙だ。いやに雰囲気が緩い。

訝しんでいたらパトカーが停まった。

助手席から男性の警察官が出てくる。帽子からのぞく髪はかなり長く、連行しに来たと思えないくらいへらへらしている。それにどこかで見た顔だ。

長髪の警察官はにやつきながらプラカードを掲げた。そこには『ドッキリ大成功！』とでかでか書かれていた。

ドッキリ。大成功。二つの単語が頭をぐるぐる回る。

「……どういうこと」

テルマがつぶやく。

「相当驚いてますね。まあ当然か」

長髪の警察官が帽子をとって笑う。そこでようやく、彼がバラエティ番組で人気のタレントだと気づいた。

「いままでのはぜんぶ仕込みです」

呆気にとられている間に、たくさんの人がぞろぞろと駐車場に現れた。ビデオカメラにガンマイクに照明やらが一斉に私たちに向けられる。

「仕込みって……じゃあさっきの、警察の人らは」

テルマが取り囲む機材を見回す。

「役者さんです」

タレントが満面の笑みで答えた。周りのスタッフも笑っている。

「もちろん逮捕っていうのもうそですよ。ねえ、イズミさん」

タレントが後ろに首を曲げると、大人の集団の間からイズミが出てきた。

「ルイ。テルマ」

イズミが駆け寄ってくる。

「ドッキリやってんて。警察が来たのも、わたしが逮捕されたのも何もかもドッキリやって」

早口に言うイズミの後を継いで、男性タレントが説明してくれた。

これはテレビ局の番組の撮影で、『アイドルグループのセンターがいきなり逮捕されるドッキリ』という企画だったらしい。

そのターゲットに私たち三人が選ばれ、地下駐車場内での一部始終は隠し撮りされていたそうだ。

番組名を聞いて私は驚いた。大阪で絶大な人気を誇る関西ローカルのバラエティ番組だった。

「三人ともすごかったね。連行されるところなんてほんとに迫力あったよ。おかげでうちの役者さんも緊張しちゃったみたいでね。罪状とかの大事な台詞とばしちゃったときはドッキリがバレるんじゃないかと焦ったよ」

男性タレントが興奮気味に喋り、警察役の二人が苦笑する。そういえば逮捕するときに罪状を言っていなかった。本来ならありえないことだ。それにも気づけないほど動揺していたが。

「いままでもたくさんドッキリ仕掛けてきたけど、いちばんすごかった。本当に映画みたいだったよ」

それはそうだろう。逮捕ドッキリにここまで嵌《は》まるアイドルグループは私たちを置いて他にない。

「二人とも心配させてごめん。わたしはどこにも行かへんから」

イズミが私とテルマを抱き寄せる。痛いくらいの強さだ。そのおかげでようやく自分たちが無事であることを実感できた。

「ぜんぶドッキリだったのか」私は長い息をはく。

「よかった。ほんまによかったあ」テルマがしみじみとつぶやいた。

心の底から安堵すると全身の力が抜けた。

立っていることができず、私たち三人は抱き合ったまま地面にへたりこむ。

それを周りの大人たちはやさしく見守っている。ドッキリ企画を通じてグループの絆《きずな》が深まっているように思えるのだろう。

その後も番組の撮影はつづき、ドッキリの感想を訊かれたりした。どう答えたのかはほとんど憶えていない。極度の緊張が一気に緩和されたことで呆然自失に近い状態だった。

カメラの前で明るく受け答えするイズミの声と、大人たちの笑い声だけは記憶に残っている。

正気に戻ったのは、撮影が終わり、事務所に帰る車中だった。

私は助手席の窓にもたれて、御堂筋沿いのイチョウ並木を眺める。いつもどおりの見慣れた風景だ。

こうしていると地下駐車場での出来事が白昼夢のように思える。

私は頰をつねってこれが現実かを確かめるより先に、気になることを土井に訊ねた。

「どうして私たちがドッキリのターゲットに選ばれたんですか」

なぜ関西の中堅地下アイドルにあそこまで大掛かりなドッキリを仕掛けたのだろうか。地上波のテレビ番組が私たちに白羽の矢を立てた理由は何だ。まったく見当がつかない。

「あたしもそれ気になってた」テルマが後部席から身を乗り出す。

「土井さんがテレビ局に提案したんですか」とイズミもつづいた。

ハンドルを握る土井はフロントガラスのほうを見たまま答える。

「いえ、自分は何もしていません。今回の企画はテレビ局側から話を頂いたんです。マネージャーである自分は仕掛け人として協力してくれと言われたので、みなさんに気取られないよう行動するのが大変でした」

ドッキリとばれないように土井も気を張っていたらしい。彼が緊張していた理由がようやく判明した。だが肝心の謎は解けていない。

「なんでテレビ局がわたしたちを選んだんやろ」

イズミが私の疑問を代弁した。

「詳しくは教えてもらえませんでしたが、とある業界人から強い推薦があったそうです」

「業界人？　誰やろ」

テルマが目を丸め、答えを求めるように私を見た。当然心当たりがないのでかぶりを振った。

すると私のスマートフォンが震えた。

河都からのショートメールだった。

『番組の撮影おつかれさま。大成功だったらしいね。すごい良い画《え》が撮れたってディレクターが興奮してたよ。絶対にオンエアするそうだ』

つづけざまにもう一通メールが届く。

『遅くなったけどこのまえの食事のお礼だよ』

短いメッセージで謎は氷解した。

河都がテレビ局に推薦してくれたのだ。私たちを番組で使ってくれと。さして実績もない関西の地下アイドルを人気番組に推すなんて前代未聞だ。本来ならば門前払いだろう。

ただし河都は無理を押し通せる地位にある。彼は国内有数のインフルエンサーマーケティング企業の代表であり、人気コメンテーターでもある。テレビ局の人間とも懇意にしているはずだ。報道とバラエティで制作陣はちがえど、キャスティングに口出しするぐらいの力があっても不思議はない。

――このお礼はあらためてするよ。

接待の日、河都が別れ際に言った言葉がよみがえった。

あのときの言葉を律儀に守ったのか。こっちはすっかり忘れていたというのに。

いくら河都でも無名の私たちを推すことは容易ではなかったはずだ。テレビ局を熱心に説得したのだろうか。

どうしてそこまで。

私はスマートフォンから顔を上げた。

いや、いまは河都のことを考えている場合じゃない。私たちを取り巻く状況は何ら好転していないのだ。

今夜、イズミは興信所と話をする。その展開次第によっては、さっきのドッキリがすぐさま現実になるかもしれない。

もう一度気を引き締め直せと自分を叱咤《しった》する。

ドッキリ番組や河都からのメッセージのことは頭から追いやり、私は興信所への対応策のみに集中することにした。

けれどそれは無駄な作業になった。

事務所に帰ると、土井が重々しい口調で告げたからだ。

――興信所による社長の捜索はいったん打ち切ります。

熱したプレートの上に赤身の肉をのせる。じゅうと肉が焼ける音がして、ぱちぱちと脂が弾ける。

テルマは心地よさそうに目を閉じ、耳に手を添えた。

「肉焼く音ってほんまええよなあ。目覚ましのアラーム音にしたいくらい」

「どんなアラームよ」イズミがあきれたように笑う。「こんな音じゃ起きられへんくない？」

「むしろ飛び起きるんちゃう。布団燃えてると思って」

「最悪の目覚めやん」

テルマとイズミが軽口を飛ばし合う。

私はホットプレートから視線を上げて、窓の外を見た。外はすっかり暗い。

「どうしたん、ルイ」テルマが訊いた。

「いや、今日はこんなゆっくりごはんを食べられると思ってなかったから」

「ほんまそれ」イズミがリビングの掛け時計を見やる。「本当やったらいまごろ興信所の人と話してる時間やもんね」

興信所による捜索が打ち切られたので今夜の予定もなくなった。だから私たちはイズミの家でのんびり焼肉をしていられる。

「まさか一週間で興信所の捜索を打ち切るとは思わんかったけどな。お金がないからって理由で」

テルマが苦笑した。

これ以上捜索費用を捻出すると事務所の存続が難しい。土井は事務所でそう語った。思っていたよりもずっと事務所の資金繰りは悪いようだ。弱小事務所に所属していて良かったと思える日がくるとは思わなかった。

「いちばんのまさかは興信所の人だけど」

私の発言に、テルマが大きく相づちを打つ。

「ほんまに。大事な話があるとか言うといてアレはないわなあ。人騒がせもええとこやで」

「もう二度と連絡してこんでほしい。ブロックしたから大丈夫やと思うけど」

イズミがため息交じりに言った。

羽浦の捜索打ち切りを土井から聞かされた後、私たちは興信所とコンタクトをとることにした。今夜の大事な話が何だったのかを知るためだ。

依頼を取り下げたからといって、興信所が行方につながる証拠を発見しているのなら看過できない。警察に駆けこまれる前に対処する必要がある。

イズミが興信所に電話をかける横で、私とテルマは緊張しながら耳を澄ませた。

結論から言うと、興信所は何の証拠も掴んでいなかった。

羽浦の知人による誘拐、監禁の線で調査したそうだが、疑わしい人物にはみなアリバイがあったという。やはり家出の可能性が高いというのが興信所の見解だった。

つまりイズミは疑われていないということだ。じゃあ大事な話とはいったい何だったのか。

イズミが電話口で問い質すと、事務所はいやにかしこまった口調で喋りはじめた。

社長がいなくなってイズミが精神的に参っていないか心配している。捜索はもうできないが相談に乗ることはできる。一度お茶でもしないか。心斎橋《しんさいばし》におすすめの店がある。

長々と話していたが、だいたいそんな内容だった。

ようするに興信所の男はイズミを気に入ったらしい。大学にまで押しかけたのも、大事な話があると言って会おうとしたのも疑っていたからではない。仕事を利用して関係を深めようとしたのだ。職権乱用も甚だしい。

適当にあしらって電話を切った後、イズミは即座に興信所のアカウントをブロックした。

こうして夜の予定はなくなった。もっとも恐れていた興信所の追及はもうない。一気に状況は好転した。これ以上ないくらい良い話だ。にわかに信じがたいほどに。夢じゃないだろうか。

私は頬をつねってみた。痛かった。

まぎれもなく現実だ。

興信所は証拠を見つけることなく退場した。警察が捜索に乗り出すこともない。羽浦の死体が掘り起こされでもしない限り、事件が発覚することはない。

私たちを追いつめる脅威はあっけなく消えてしまった。

最大の難局を乗り越えた私たちは、とりあえず何か食べることにした。今朝から食事も喉を通らないほど三人とも緊張していた。

こんな日は焼肉しかないとテルマが言い出したので、スーパーで肉を買いあさり、いまはイズミの家で食卓を囲んでいる。

「ほんまに人生ってどうなるかわからんよな」

テルマがプレートの肉を箸でひっくり返す。

「ほんの数時間前まで地獄みたいな気分やったのに。平和にカルビが焼ける夜になるとは想像もできんかったわ」

「今日はいろいろありすぎたもんなあ。ジェットコースターくらい感情の振れ幅が大きかった」

イズミが黒ウーロン茶のグラスを傾ける。

「一日のイベント量ではないよね」私はプレートに玉ねぎの輪切りをのせた。「尋常じゃない密度だった」

こうも感情が乱高下する日はそうないだろう。できれば二度とあってほしくない。

「でもまあ、ようやく問題が片付いたわけや。これで一安心やな」

テルマはしっかり焼き目のついたカルビ肉を齧り、うっとりと咀嚼《そしゃく》した。

「それに記念すべき日にもなった」

イズミが明るく発する。

「わたしたちもいよいよテレビデビューやん。今日のドッキリが放送されたらたくさんの人にベビスタのこと知ってもらえるよ。あの番組って配信でも人気あるから全国の人に観てもらえる」

「だね」と私は返した。番組ディレクターの評判は上々だったと河都のメールにあった。よっぽどのことがない限りオンエアされるだろう。

「わたしたちをテレビ局にプッシュしてくれた謎の業界人に感謝せなあかんね」

「だね」

　私は素知らぬふりをした。業界人の正体が河都であることは黙っておいた。メールにも返信していない。

「テレビデビューか。めっちゃうれしいけど、今日の映像がお茶の間に流れるのは、ちょっとなあ」

　テルマが複雑な表情になる。

「ライブ終わりに撮影は不意打ちが過ぎるで。化粧崩れて最悪の顔面やってんけど。マスカラとかダマになってたし。テレビの撮影あるって知ってたらフルメイクで準備したのになあ。ドッキリ仕掛けるなら事前に教えといてほしかった」

「それだとドッキリにならないからね」と私。

「そうやねんけどさあ。もっとおめかししときたかったわ。せっかくテレビに出るんやから」

「まあまあ。これが最後やないから。わたしたちはこれからどんどんテレビに出ていくねんで、全国のゴールデンにもばんばん」

　イズミの口ぶりは来週の予定を話すようだった。

「決まってることみたいに言うやん」テルマが冗談めかす。

「決まってることやもん」イズミは大真面目に返した。「アイドルのてっぺん獲るって言うたやん」

箸を置き、毅然《きぜん》とした表情でつづける。

「今日のはぜんぶドッキリやったけど、わたし実際に手錠かけられたやろ。あのとき、逮捕されるっていう極限まで追いつめられたときに気づいた。

わたしは刑務所に入ることよりも、アイドル活動できんくなることのほうが恐いってことに。今後一生を犯罪者として生きてくことよりも、三人で一緒にライブできんくなることのほうが、わたしはずっと恐い」

イズミの声音は静かで、しかし、ずんと腹に響いた。私とテルマは魅入られたように彼女を見つめる。

「わたしは自分で思っている以上に、ベイビー★スターライトっていうグループのことが大切やったみたい。やから絶対ここで終わられへん、終わってたまるかって思った。そうしたら最悪の状況やのにどんどん力が湧いてきて何も恐くなくなった。で、やっとできた。アイドルとして生き抜く覚悟ができたよ」

迷いのない口ぶりに断固たる決意を感じた。

「わたしは羽浦さんを殺した。ルイとテルマの人生まで狂わせてしまった」

イズミは自分の罪をはっきりと口にし、

「いくら謝っても許されんし、取り返しもつかへん。やからこそ、わたしは今日自分が言ったことを必ず実現させる。ベイビー★スターライトを日本でいちばんのアイドルグループにするよ」

凜《りん》とした姿。そこに昨日までの少し気弱なイズミはいなかった。姿かたちは変わらないのに別人のようだ。きっと魂の在りようが変わったのだろう。

まばゆさに当てられたように絶句する私たちに、イズミは片手を差し出した。

「絶対にてっぺん獲ろ」

関西からアイドル界のてっぺんに。その合言葉のもと、ベイビー★スターライトは結成した。

お題目だ。ただの絵空事でしかない。私はずっとそう思っていた。

そんな長年の諦念を消し飛ばしてしまうくらいに、いまのイズミの姿と言葉には力があった。彼女がいればもしかしたら、と考えている自分がいる。信じはじめている自分がいる。

差し出されたイズミの手に、私も手を重ねた。その上にテルマの手が置かれた。テルマの目は決意に燃え、らんらんと輝いていた。

イズミは満足げにうなずき、

「わたしたち三人なら絶対うまくいくよ」

この世の真理のように告げて微笑む。

たどり着けるかもしれない、と思った。

強い風が吹いている。私たちの漂流は終わるのかもしれない。

茫洋《ぼうよう》とした闇の果てにかすかな光明が見える。

それは灯台の光か、あるいは届かぬ星の光か。

わからない。

いまはただ進むだけだ。


その日を境に、ベイビー★スターライトは変わった。

明らかにライブ中の観客の反応が良くなった。ステージに注がれる眼差しと声援の熱量が高くなったのを肌で実感した。

いちばんの理由はイズミだろう。

ダンスのキレが良くなったわけでも歌がうまくなったわけでもないのに、観客はステージ上の彼女に見惚《みと》れ、聞き惚《ほ》れた。

イズミを中心に強力な磁場が形勢されているようだった。誰もが彼女に惹きつけられ、目を離せなくなっていた。

テルマは、そんなイズミに食らいつくようにがむしゃらにライブに取り組んだ。もともと優れていたパフォーマンスはいっそう迫力が増した。

それを歓迎するようにイズミはその輝きをより強めた。ライブ中に目を合わせることもなかった二人が、互いを認め合い、高め合っていた。

かつて平行線だった元センターと現センターの強力なタッグは、観客をおおいに沸かせた。

私はといえば、彼女たち二人にどうにかついていくのが精一杯だった。技術云々もだが、なにより痛感したのは自分の体力のなさだ。ライブ終了後はしばらく立てないほどに疲れた。唯一の初期メンバーとしてふがいない限りだ。

とりあえず煙草はもうやめようと思った。これから先もアイドルをつづけていくために。

そうやってライブをこなしていると、一日一日はあっという間に流れた。

いつのまにか一月は過ぎ去り、二月も中旬にさしかかっていた。

明日はベイビー★スターライト結成四周年のライブだ。

周年ライブの打ち合わせのため、私たちは事務所に集まっていた。

「ライブのお話の前にご報告があります」

土井はいつも通りの無表情で言い継ぐ。

「先日撮影したテレビ番組の件なのですが、みなさんの映像が放送されることになりました」

私たち三人は顔を見合わせ、小さく歓声を上げた。

「ついにテレビデビューやね」イズミが破顔する。

「ちゃんとウケるかなあ」テルマは喜びと不安をないまぜにしてつぶやく。

「放送はいつなんですか」と私は訊いた。

「詳しいことはまだ自分も把握していません。一緒に聞きましょう」

「一緒に？」

土井はやおら立ち上がり、「よろしくお願いします」と奥の部屋を見やった。

部屋から背の高い男性が出てくる。

その顔を認めた私は、思わず言葉を失った。

「えっ、河都さんやん」テルマが甲高く発した。

「ひさしぶり。テルマさん」

河都が笑いかける。今朝のニュース番組と同じシャツを着ていた。東京で番組に出演してから大阪に来たらしい。

「本物？　わあっすごい」

イズミは突然現れた有名人を無邪気に喜ぶ。

「はじめまして。イズミさん」

河都はやさしげに目を細め、私を見た。

「ルイもひさしぶり」

「おひしさぶりです」

「そんなに驚いてないね。気づかれないよう隠れてたのに」

「いや、しっかり驚いてますよ」

先月の飲み会でも似たようなやりとりをした。何年も音沙汰なしだったところにいきなり現れたかと思えば、一か月足らずの短期間でまた顔を見せたり、まるで行動が読めない人だ。

「どうして河都さんがうちの事務所に」

「みんなの様子がずっと気になってたんだ。羽浦が急にいなくなって大変だろうから心配で」

河都は無人のデスクを眺めやり、悲し気に目を伏せた。

「本当はもっと早く来たかったんだけど、なかなか時間がとれなくてね。でもみんなが元気そうでとりあえず安心したよ」

場の空気が沈むのを避けるように河都は相好を崩した。

「あとは正式に放送が決まったドッキリ番組のことについて自分の口から報告したかったんだ。一応、僕も仕掛け人のひとりだから」

そう切り出すと、テレビ局にベイビー★スターライトを推したのが自分であることを打ち明けた。さらに私たちのドッキリ映像は制作サイドでかなり好評らしく、特番で放送されることが決まったそうだ。

「番組社長もベイビー★スターライトのことをすごく気に入っていてね。二時間の特番でたっぷり尺をとって放送するそうだよ」

今度は大きな歓声が上がった。

「いきなり特番デビューとかやばない」

「やばいよ。すごいよ」

テルマとイズミが喜びを爆発させてハイタッチする。二人は私にも手のひらを向けてきたので、控えめにタッチした。

それを河都はにこにこと眺め、

「今回のドッキリが放送されれば間違いなく大きな反響があると思う。あの番組をきっかけにブレイクした人たちは多いから。きみたちが全国に打って出る最大のチャンスになるはずだ」

そこで、と言葉を区切る。ここからが本題だとばかりに河都は身を乗り出した。

「ひとつ相談がある。僕にグループの活動を手伝わせてくれないか」

「手伝い?」テルマが目をしばたたく。

「ベイビー★スターライトが東京進出するためのバックアップをしたい。きみたちの名を世に知らしめるための後押しを僕にさせてほしいんだ」

河都が頭を下げる。

土井はすでに話を聞いていたらしく表情を変えずに言った。

「河都さんはマーケティング企業の代表として、あらゆるメディアに精通されています。今後みなさんが活動規模を広げていくうえで、とても心強い存在になってくださるはずです。みなさんはどう思われますか」

「そらもう大賛成ですよ」テルマはもろ手を挙げて賛同した。「河都さんが手伝ってくれるなら鬼に金棒どころの話やないでしょ」

「わたしも賛成です」イズミが笑顔で首肯した。「関西圏のグループが東京にどうやって進出するかはいちばんの課題だったので、河都さんがサポートしてくれるなら本当にありがたいです」

二人がきゃっきゃっと盛り上がる。私は喜べない。

「どうしてそこまでしてくれるんです。会社の経営とテレビの仕事で忙殺されてるのに、私たちを手伝うような時間があるんですか」

知らず棘《とげ》のある言い方になった。

テルマとイズミがぎょっとした様子でこちらを向いた。

私はざわつく胸をさとられぬよう平静を装う。どうしていまさら関わろうとする。断ち切ったのに。

「たしかに時間の余裕は全然ないね。だけど、それでもきみたちの後押しをさせてほしいんだ」

河都はにこやかに応じる。

「きっかけはドッキリの映像だよ。偽物とはいえ警察に食って掛かるテルマさん、それを必死で止めるルイ、そして逮捕されながらも気高く美しいアイドルでありつづけたイズミさん。あの映像だけで、きみたち三人の魅力と結束の強さが伝わってきて、ベイビー★スターライトというグループに興味を持った。とりあえずネットに上がってるライブ動画やMVはぜんぶ観て、SNSのファンの声もざっとチェックした」

「あたしらの動画だけやなく、ファンの人らのSNSまで」テルマが瞠目する。

「すごい量じゃなかったですか」

イズミが気遣うように聞いた。たしかにすごい量だ。X《エックス》のフォロワー数がいちばん少ない私でも、千人のフォロワーがいる。

「おかげさまで寝不足だよ。今朝のニュース番組にも遅刻しそうになった」

河都が気恥ずかしげに髪をかきあげる。目の下にはうっすら隈《くま》があった。

「でも寝不足になる価値はあったよ。ベイビー★スターライトというすばらしい原石を見つけられたんだから。そして強く思った。きみたちを多くの人に知ってほしい、その魅力を届けたいと。だから僕はいまここにいる」

身振り手振りを交えて大仰に語る。

「こんな気持ちになるのはひさしぶりだよ。十四歳のとき、はじめてバンドで演奏したときみたいにわくわくしてる。自分の中に眠っていた初期衝動を衝き動かされたっていうのかな。それだけの力がきみたちにはあるんだ。

僕も仕事柄、たくさんのすばらしいアーティストに会ってきたけれど、ここまで心を揺さぶられたことはないよ。ベイビー★スターライトこそアイドルの頂点にふさわしいグループだ。きみたちを世界に知らしめることは僕の義務、いや使命だと確信してる」

河都は本当に十四歳に戻ったみたいに生き生きと騒々しい。

そんな彼をテルマとイズミは驚いたふうに眺めている。テレビなどのメディアでは落ち着いたトーンで話すから意外なのだろう。だが、いまの河都が彼の本質だ。何かに熱中すると少年のように無垢《むく》で奔放になる。

土井はといえば、熱心に河都の話に耳を傾けていた。真剣な面持ちでうなずきながらメモをとっている。感情の起伏に乏しいマネージャーがここまで意欲的な姿勢を見せるのははじめてだった。

グループが飛躍するまたとないチャンスに燃えているのだろうか。いや、土井がそこまで私たちに思い入れがあるとは思えない。

きっと河都の弁舌のせいだ。若くして国内有数のユニコーン企業を築いた男の言葉には人を惹きつけて巻きこむ強い力がある。

河都はベイビー★スターライトの魅力を十数分ほど熱烈に語ったところで、しばらくの間自分しか喋っていないことに気づいたらしく、はっとしたように居住まいをただした。

「……調子に乗って話しすぎたけれど、ベイビー★スターライトの活動をサポートしたい理由はそんなところだ。どうかな、ルイ」

河都が真剣な眼差しを向けてくる。テルマとイズミは心配げな視線を送ってきた。こんなチャンス二度とない。どうか首を縦に振ってくれ、と無言で訴えてくる。

この状況で反対するのは不可能だ。二人の反感を買いかねない。

「わかりました。お願いします」

私が一礼すると、テルマとイズミがほっとしたように顔を見合わせた。

「では、メンバーのみなさんの同意も得られましたので」土井が言った。「河都さん、あらためてよろしくお願いします」

「こちらこそよろしくお願いします」

河都は私たちに深々と頭を下げてから、パテックの腕時計を見た。

「予定があるから今日のところはここで失礼させてもらうよ。グループの今後については明日の四周年ライブの後で話し合おう。東京進出に向けて、メディア連動の企画をいくつか考えてあるんだ」

朗々と語る姿はもう十四歳の少年ではなく、業界きっての仕事人《マーケター》の面差しだった。

河都は席を立ち、もう一度頭を下げると、

「やるからには全力で取り組むよ。絶対に後悔はさせない」

プロポーズするような真剣さで告げて、事務所を出ていった。


「完全に流れきてるな」

事務所での打ち合わせを終え、エレベーターに乗りこむなり、テルマは快哉《かいさい》を叫んだ。

「河都さんがおってくれたら百人力やわ」

「ほんまそれ」イズミの頬は興奮に紅潮している。「経済誌に取り上げられるような起業家やもんね。河都さんはマーケティングの天才やってうちの大学の教授もべた褒めしてたよ」

世間ではコメンテーターの印象が強いが、河都の本職はマーケティング業だ。まだ知られていないものを世に拡散する術を熟知したスペシャリストである。彼のプロデュースによって大流行した商品や人物は数多い。ベイビー★スターライトが全国に打って出るために、これ以上ない強力なサポーターと言える。

「ていうか、テレビで観るより河都さんがかっこよくて驚いた」

「やろ。令和のパク・ソジュンって感じやろ」

小さな函《はこ》の中で二人はわいわい騒ぐ。

「令和のパク・ソジュンは、パク・ソジュン本人だよ」

私がつぶやくと、彼女たちはきょとんとした。

「どないしたんよルイ。えらいテンション低いやん」とテルマ。

「そんなことないけど」

「河都さんが嫌なん？」イズミが不安げに訊く。

「嫌というか」

「ほほう。なんや深い事情がありそうでんな」

テルマが顔を覗きこんでくる。どうも野次馬です、とばかりに好奇に満ちた目だ。

私が河都の申し出に難色を示したのはかつて恋仲にあったからだとでも思っている

のだろう。

詮索される前にエレベーターは地上に着いた。

何やら訊きたげな二人の視線に気づかないふりをして、私はエントランスをさっさと歩く。

と、マンション前に黒い車が一台停まっていた。五メートルを超えるだろう巨大な車体が特徴的なクラシックカーだ。

「うわ、すごい車」とイズミが言った。

「海遊館のジンベエザメより大きいんちゃう」テルマの声がエントランスに反響する。

「あれ何ていう車なんやろ」

キャデラック・エルドラドだ。

車には疎いが、あの車のことは知っている。持ち主もおのずと見当がついた。半世紀前のアメリカからタイムスリップしてきたような旧車が大好きな人間をひとり知っている。

私たちがエントランスを出ると同時に、車のドアが開いた。

「打ち合わせおつかれさま」

運転席から現れたのはやはり河都だった。

「あれ、河都さん。なんでここに」「用事があったんじゃないんですか」

テルマとイズミが車に歩み寄る。

「用事はもう済んだよ。大阪の業者に修理してもらってた車を受け取りに行ってたんだ」

河都が車のボンネットに手を置く。

「予定より早く受け渡しが終わってね。まだみんないるかなあと思って、事務所に戻ってきた」

きれいになった自慢の愛車を見てほしかったんだな、と私は察した。

イズミとテルマは難解なアートを眺めるような目つきで車を見回す。

「ばりいかつい車ですね。なんかロケットみたい」

「駐車場探すの大変そう」

とても誉め言葉には聞こえないが、河都は満足げにうなずいた。

「よかったら三人とも車で送っていくよ」

「いいんですか」とイズミ。

「もちろんだよ。遠慮せずにどうぞ」

河都はいそいそと車のドアに手をかける。どうやら愛車の走りも体感してほしいらしい。

「それじゃあ」と車に乗ろうとするイズミを、「すみません。あたしらはいいです」

テルマが引き留めた。台本をなぞるような口調だ。「あたしとイズミは寄るとこあるんで」

「え、寄るとこって何。そんなの——」

うろんな様子のイズミに、テルマが何かを耳打ちした。とたんにイズミが目を見開き、「え」の形に口を開いた。

「あ、ああ、そうやそうや」イズミは目を泳がせながら手を打つ。「寄るとこあったのすっかり忘れてた」

「もーすぐ忘れるんやから。しっかりしてやー」

文化祭の劇みたいな棒読みの会話の後、

「というわけで、ルイだけ車で送ってあげてください」

二人は私の背を押した。強制的に河都の前に押し出される。

「ちょっと。二人とも」

私は声を上げたが、聞く耳を持たれずに話は進む。

「あたしらのことは気にせずにゆっくりしてきいや」

「そうそう。ルイはこの後なんの予定もないんやし」

テルマとイズミは、私にだけ見えるようウインクをした。舞台は整えたよとばかりに。

こちらが呆気にとられているうちに、「おつかされまでしたー」と二人は足早に去っていった。

小さくなっていく彼女たちの後ろ姿を見送りながら、

「二人とも演技のレッスンが必要だな」

河都は苦笑する。

ひんやりとした革シートに響くエンジン音、かすかなシトラスの香り、カーラジオから流れる八十年代の洋楽。

なつかしい。ここだけ時が止まっていたように、車内は何もかもがあのころのままだった。

私は助手席の窓際に頬杖をついたまま左に目をやる。

河都は寡黙にハンドルをにぎっていた。眉間に少ししわが寄った横顔は、真剣な表情にもしかめ面にも見える。あのころとちっとも変わっていない。

ふいに胸の奥がちりちりと傷んだ。

まだ十代だった私は、運転する河都の横顔を何度も盗み見ては、胸を焦がした。あんなにも誰かに思い焦がれたのは後にも先にも一度きりだ。道ならぬ恋だとわかっていても止められなかった。

河都がキャデラックのハンドルをさばきながら尋ねてくる。

「どうした」

「なにが」

「笑ってるから」

「え」窓ガラスに映る自分を見る。たしかに頬がゆるんでいた。「あまりに変わってないから。なんかおかしくなって」

「そうだろ。できるだけ製造当時に近い状態を維持できるようパーツの細部にまでこだわって修理してもらってるからね。電気系統も直したから屋根の幌《ほろ》も格納できるようになったんだ。オープンカーにしてみようか？」

河都がうきうきと車の屋根を指す。今度は自覚できるレベルで頬がゆるんだ。

「なんでまた笑うんだよ」

「べつに」

私はかぶりを振って話題を変えた。

「それより本気？」

「なにが」

「私たちのアイドル活動をサポートするって話。本気？」

「本気だよ。きみたちはアイドルの頂点に立てるだけの逸材だ。その手助けなら喜んですさ。あとはまあ、個人的な好みもある」

「好み？」

「僕はがんばってる人が好きなんだ。ステージで日々ライブをし、ライブが終われば望まぬ接待を強いられ、多くの困難に晒され、苦渋を舐めて、そこまでしても報われない現実に打ちのめされて。それでもがんばってる人が好きなんだ。だから僕はベイビー★スターライトを応援したい」

キャデラックが赤信号で停まる。河都はこちらを向いて微笑んだ。

「なによりルイがいるグループだからね」

さらりと言うものだから、額面通りに受け止めそうになったが、

「冗談はやめて」

私は、河都の左手薬指の指輪を見据えて言った。

河都は困ったように眉尻を下げると、「ちょっと寄り道しよう」青になった交差点を曲がった。

「寄り道ってどこに」

「走りながら決めるよ」

「そんなにのんびりしてる時間あるの」

「今日ぐらいはかまわないさ。少し付き合ってくれ」

河都は黙ってハンドルを操る。

私はシートにもたれて彼の横顔を見つめた。

胸がちりちりと傷む。

車に乗ってからずっと考えている。

どうしていまさら近づいてくる。どうすればきれいに断ち切ることができる。

答えは出ない。


河都が車を駐めたのは舞洲《まいしま》だった。大阪市内に浮かぶ人工島は、大規模な音楽フェスが開催されることで有名なエリアだ。

いまは真冬の夕暮れ時ということもあって閑散としていた。海からの強い風がひっきりなしに吹いてくる。

河都は強風に髪を乱しながら伸びをした。

「気持ちいい潮風だな」

「寒いよ」

私ははためくコートの裾を押さえた。二月中旬の寒風に清涼さは欠片《かけら》もない。

「冬の海も風情があっていいものだろ」

「震えながら言われても」

「とりあえず歩こうか。身体も温まる」

河都に促され、私は海岸沿いに伸びた木道《ボードウォーク》を歩いた。

夕日が水面に光線を引きながら、じょじょに水平線に沈んでゆく。空は藍《あい》と橙《だいだい》のグラデーションに染まっている。

「いい景色だな」波のさざめきに河都の声が混じる。「ルイは冬の夕暮れが好きだろ」

「なんで知ってるの」

「前に話してくれただろ」

「前って」

四年以上前のことだ。河都が寄り道にこの場所を選んだのは何年も前の些細《ささい》な会話を憶えていたからか。

私は表情を見られぬようによそを向いた。

「ここからだと街を一望できるな」

河都が手すりにもたれて目を凝らす。

「事務所も見えるんじゃないか」

「さすがに無理でしょ」

私も手すりにもたれた。二人並んで海の向こうの市街地を眺める。

「変わったな」河都がつぶやく。

「街のこと？」

「いや、ルイがだよ。この一か月ですごく変わった。接待で会ったときとは別人みたいだ」

「そうかな」

「そうだよ」河都が目を覗きこんでくる。「目の奥の光が強くなった。しなやかで洗練されている。覚悟を決めた人間の顔だな」

「覚悟かはわからないけど、必死ではある。羽浦さんが戻ってくるまでは自分たちで何とかしなきゃいけないし」

すらすらと言葉が出た。ずっと嘘を吐《つ》きつづけているからだろうか。最近は羽浦が本当に家出しているだけなのだと錯覚することがある。

「本当に変わったな。接待でルイと会ったときは、もうアイドルを辞めるつもりなのかと思ってたよ。心配したし、申し訳なくも感じた」

「だからテレビ局に掛け合って私たちに仕事を回してくれたの？」

「まあね。きみにアイドルの道を勧めたのは僕だから」

大学の後輩がアイドルグループを作るからオーディションを受けてみてはどうか、と勧めたのは河都だ。縁もゆかりもない大阪の土地でアイドル活動をしたらどうかと。後輩は優秀な社長だ、ルイはアイドルの資質がある、と河都は熱心に語った。関係を清算しようとしているのは明白だった。

私は勧められるままオーディションを受け、合格し、東京を離れた。

「僕は余計な世話をしたみたいだな。テレビの仕事なんて回さなくても、ルイはアイドルを辞める気はなさそうだ」

私は小さくうなずく。

「一か月前までは本気で辞めるつもりだった。辞める日まで決めてた。でも、テルマとイズミが三人でグループをつづけたいって言ったから」

「そうか。あの子たちがルイを心変わりさせたのか」

河都はやわらかに微笑し、「少し妬《や》けるな」とささやいた。

会話が途切れる。

私たちは静かに夕景を眺めた。

ゆるゆると太陽が沈み、空の藍色が濃くなっていく。

吐く息は真っ白で、身体の芯から冷えるぐらいに寒い。日が落ちてさらに気温が下がってきた。

「そろそろ行こうよ」

体調を崩して明日のライブに差しさわりがあるといけない。私は踵を返そうとした。

そのときだ。

「羽浦が山で見つかった」

目の前の景色が揺らいだ。頭が真っ白になって寒さすら感じない。

私は声もたてられず振り向いた。

「──やっぱり、そうなのか」

河都が悲痛に顔をゆがめる。私はますます混乱する。

「そうか、ってなにが。羽浦さんが見つかったってどういうこと」

まくし立てて河都の肩を揺さぶった。

「嘘だ」

「え」

「嘘だよ。羽浦は見つかっていない」

かまをかけられたと気づく。同時に自分が失態を犯したことにも。

「やはりきみは羽浦の失踪に関わっているんだな」

何の前触れもなく核心に踏み込まれた。

「どういうこと。意味がわからない」

混乱を極めながらも、しらを切る。

「わからなくてもいいよ。さっきの反応が何よりの証拠だ」河都は諭すように言った。

「羽浦さんが山で見つかったなんて言いだすから驚いただけだよ。そんなたちの悪い冗談いきなり言われたら誰だって驚くでしょ」

「もう調べはついているんだ。興信所に依頼して調査してもらった」

慄然とした。河都も興信所に依頼していたのか。きっと警察OBが所属しているような大手だろう。だとしたら、もう。

「一か月前、接待があった日の夜。事務所近くのレンタカー店で車を借りただろ。大きなワンボックス車を」

ああ、だめだ。

「ルイが借りた車のGPSログを調べさせてもらったよ」

暴かれる。

「車で向かった先は山だろ。正確に言えば、イズミさんの祖父が所有する私有林だ」

わたしたちの秘密が暴かれてしまう。

「羽浦はそこにいるんだろ」

最後の防波堤があっけなく崩れた。もはや言い逃れのしようはない。

——終わりだ。

私は息を長く吐きだす。

ついに暴かれたという悲観の一方で、やはりこうなってしまったかと諦観する自分がいた。

「いつから私を疑ってたの。羽浦さんがいなくなったと知ったとき?」

「そうだね。もしかしたらきみが関係しているんじゃないかと思った。といっても小さな疑念だった。それが確信に変わったのはテレビの番組撮影のときだよ」

あの偽の逮捕映像か。

「すごい迫力のあるドッキリが撮れたというから局できみたちの映像を観せてもらったんだ。たしかに迫力があった、というより、ありすぎた。あまりにも真に迫りすぎていた。それで確信した。きみだけじゃない、グループのメンバー全員が羽浦の失踪に関与しているんだと」

河都のくちびるが震えている。きっと寒さのせいではない。

「教えてくれ。羽浦はもう――死んでいるのか」

私はたまらず目を伏せた。沈黙は何よりの肯定だった。

「想像していたなかで、いちばん悪い結末だな……」

河都は両手で顔をおおった。肩が小刻みに震えだす。

私はただただ立ち尽くした。

やがて河都は顔を上げた。目じりの涙を指でぬぐって言った。

「車に戻ろう」

「警察に行くの?」

河都は力なくかぶりを振った。

「どうするかはきみたちが判断しろ。メンバーと話し合ってこれからのことを決めてくれ」

河都が歩き出す。私は黙ってそのあとにつづいた。

凍てつくような風が吹きつけてくる。

落日の間際、太陽は鈍く輝き、完全に沈んだ。

私はドアの前で深呼吸をした。イズミの家のインターフォンを押す。

ドアが開いて中から二人が顔を出した。

「おかえり」イズミが元気に言う。

「河都さんとのドライブはどうやった」テルマはにやりと笑った。

「楽しかったよ」

私は明るく応え、イズミの家に上がった。

「河都さんとどんな話したん」イズミが上目遣いに尋ねる。

「仕事のこととか。いろいろ」

「いろいろの部分が気になるなあ」根掘り葉掘り聞かせなさい、とテルマの顔に書いてある。

私は、無邪気に話しかけてくる二人をいなし、「とりあえずさ」酒がぎっしり入ったレジ袋をダイニングテーブルに置いた。「飲まない？」

「おっ、ええやん。飲も飲も」「ライブ前の決起会やね」

それぞれに缶ビールを持ち、私たちは乾杯した。

決起会は盛り上がった。コンビニで買ってきた酒を小一時間で飲み干した私たちは、イズミの父親が自室に隠していた高級ワインを発見し、酒宴をつづけた。

「あんま飲み過ぎたらあかんで。明日はライブやねんから」

言いながらテルマはグラスのワインを干す。目は据わり、ろれつは怪しい。

「いちばん危ないのテルマやろ。めっちゃ酔うてるやん」

イズミが手を叩いて笑う。その顔はワインより赤い。

二人ともすっかりできあがっていた。武道館ライブのセトリはどうする、ドームツアーはどの都市から回ろうか、などと壮大な計画を熱心に語り合っては沸いている。捕らぬ狸《たぬき》の皮算用どころの騒ぎではないが、その気持ちはわかる。河都という後ろ盾があれば、ゆくゆくは武道館やドームを満員にするアイドルになれる可能性はあった。数時間前まではそういう未来もあった。

はしゃぐテルマとイズミに水を差さぬよう、私は静かにワイングラスを傾ける。

「そういえば三人で飲むのはじめてやなあ」

テルマが頭を左右にゆらゆらさせながら言った。

「ほんまやね」イズミが真っ赤な顔で相槌を打つ。「ちょっと前なら考えられんかったなあ。わたし、テルマのことすっごい苦手やったし」

「おい。はっきり言いすぎやろ」

「だってテルマ怖かったねんもん。すぐに説教してくるし」

「イズミのこと嫌いやったからな。でも、あんたもひどいで。あたしの前やといつもおどおどして目も合わせへんかったやん。あたしのことメドゥーサやと思てんのかなって心配なったわ」

テルマとイズミはけんかになりかねない話題を愉しげに喋る。互いの嫌いなところを言い合った後も笑って酒を飲めるのが本当の仲間だと誰かが言っていた。

私は思わずあたたかい息をこぼし、

「ねえ。ちょっと聞きたいことがあるんだけど」

盛り上がる彼女たちに尋ねた。

「二人はどうしてアイドルになったの？」

「なに急に」「トーク番組の練習？」

テルマとイズミが首をかしげる。

「いままで聞いたことなかったから。気になって」

いま話しておかないともう聞けない気がした。

「そういやちゃんと話したことないな。じゃ、あたしから発表するわ」

テルマが挙手した。

「あたしがアイドルになった理由は、べたやけど自分を変えたかったから」

過去を仰ぎ見るように遠い目になる。

「あたし、中学までめちゃめちゃ暗かってん。学校行っても一言も喋らへんのが当たり前で、ずっと机で寝たふりしてた。影薄いを通り越して、もはや影が消失したレベルで存在感ない子やってん」

「テルマが？」私は思わず訊いた。いまの饒舌で明るい彼女とあまりに乖離《かいり》していて想像できない。

「口から生まれたんかと思ってた」イズミも同意見らしい。

「なんでやねん。逆子やからむしろ足から生まれたわ」

テルマは冗談で返し、

「そんな暗い自分を変えたくて、中学卒業と同時にベイビー★スターライトのオーディション受けた。そんでめでたく合格して、こうしてアイドルやってる。そのせいで親と大ゲンカして実家追い出されたけど後悔はしてへんよ。ちょっと前までは中学時代を思い出すのも嫌やったけど、最近ようやく受け止められるようになったし。あの頃の暗い生活があったから、いま自分はステージに立ててるんやなあって。影を知ってるからこそ、誰かに光を与えられるんやないかな、って考えたり。——あかん、酔ってだいぶイタいこと言うてるな」

以上、と慌てて締めくくる。

「はい、次はイズミね。我らのセンター様やねんから、ごっつええ話してくれるんやろ」

「もう。ハードル上げんといて」

イズミは苦笑まじりにつづけた。

「わたしがアイドルになった理由はね、ルイとテルマのライブを観たから」

「あたしらの？」

「うん。わたしが難波で遊んでるときに羽浦さんにスカウトされたんは知ってるやろ。そのときライブも見学した」

そんなことがあったのか。羽浦に路上スカウトされたことしか知らなかった。テルマも意外そうに目を見張っている。

「ライブハウス入ったら、ルイとテルマがステージに立っててな。そのときの二人の姿がすっごい印象的やった。ルイがすごいクールにしてる横で、テルマはパッションあふれる感じでパフォーマンスしててさ。その二人の温度差というか、アンバランスさがわたしはすごいおもしろかった」

　私とテルマの二人体制だった時期のライブか。当時はグループのメンバーが次々に辞める非常事態の真っ只中で、もうどうとでもなれと半ばやけっぱちにライブをしていた。観客の大半には不評だったが、評価する人間もいたらしい。こんな近くに。

「それまでアイドルになるなんて考えたこともなかったけど、このグループでならやってみたいなって思った。それで、ベイビー★スターライトに入った」

　以上、と気恥ずかしそうに締めた。

「知らんかった」テルマがぽそりとつぶやく。「そんなこと一回も言わんかったやん」

「恥ずかしくて言われへんよ。最初の顔合わせの時点でテルマ全然喋ってくれんかったし」

　テルマは最初からイズミを敵視していた。テルマからすれば、加入と同時にグループのセンターになったイズミは、自分の座を奪った簒奪者《さんだつしゃ》だ。まさかその人物が、自分に惹かれて入ったとはつゆにも思わなかったろう。

「……ごめん」テルマはささやくように添えた。

「ううん。やっと二人に伝えられてよかった」

　イズミは笑顔で言い、私のほうを向いた。

「最後はルイやね」

「ルイがアイドルになった理由は気になるなあ。唯一の初期メンやし」とテルマ。

期待するような二人の眼差しを受けつつ、私は答えた。

「東京でバイトしてるときに店のお客さんからオーディションを勧められたから」

勧めたのが河都であることは伏せた。

「ふむふむ」「それでそれで」

興味深げにつづきを促される。

「いや、これで終わり」

一瞬の静寂の後、「なんというか」「えらいあっさりしてんな」イズミとテルマは苦笑した。

明確な動機もなくアイドルをはじめた私にがっかりしたのだろう。自分の意思はなく、流されるままに漂う。私はそうやって生きてきた。

なんのことはない。とうに漂流していたのだ。共犯者になる前から、羽浦を消す前から、私はずっと漂流している。どこにもたどり着くことなく、ずっと。

ふいに沈黙が降りた。静かなダイニング。グラスの中のワインだけが減っていく。ときおりテルマとイズミは視線を交わした。何か聞きたいことがあるのだろう。二人の間に漂う空気感からそう察した。

「あのさ、ルイ」口を開いたのはイズミだった。「もうひとつ訊いてもいい?」

「いいよ」

私は少し背を正した。声色からして愉快な話ではない。

「まえにお風呂屋さんで言うてたことって本当? その、ルイが昔……人を殺したっていう話」

イズミがグラスを置いて見つめてくる。テルマも真剣な目を向けた。

ずっと気になっていたのだろう。あのときは一方的に告げて何の説明もしなかった。

「本当だよ。私は人を殺したことがある」

簡潔に認めた。

彼女たちの表情に暗い影が差す。

「……どうして。誰を」

「イズミ。それ以上は」テルマが遮る。

「でも」

「いいよ」と私は言った。「ぜんぶ話す」

二人には聞いてほしい。

少し長くなるけど、と私は前置き、誰にも話したことのない記憶を紐解《ひもと》く。

頭の奥底にある扉を開き、父に包丁を突きつけたあの日を回顧する。

実の娘に包丁を突きつけられた父はひどく狼狽《ろうばい》した。まともに言葉を発せないくらい慌てふためいた。暴力で家族を支配する人間と思えないほどの怯えようだった。哀れですらあった。

けれど情けをかけるつもりは微塵もない。

私は包丁を構えたまま首だけ後ろにやる。背後には父に痛めつけられて気を失った母と妹がいた。

妹にまで手を上げるなんて。許せない。

包丁の柄を強く握りしめて詰め寄る。

すると父は咆哮《ほうこう》にも悲鳴にも聞こえる大音声を上げて、逃げた。わき目もふらず玄関を飛び出し、ガレージに置いた車で走り去った。

エンジン音がどんどん遠のいていく。脅威は去った。

私はすぐさま電話で救急車を呼んだ。病院で治療を受けた母と妹は深刻な損傷もなく、その日のうちに帰宅することができた。

家族の無事に胸をなでおろしていると、電話がかかってきた。警察からだった。父が交通事故で亡くなったと聞かされた。

車で電柱に衝突したらしい。車は大破し、父は即死だった。

遺体から一定基準を超えるアルコールが検出されたことから、飲酒運転による交通事故として処理された。

事故現場にブレーキ痕は一切なかったという。アルコールのせいだとは思えなかった。運転もままならぬほど酩酊してはいなかった。逃げ出すときだって足取りはしっかりしていた。

原因は間違いなく私だ。

実の娘に強い殺意を向けられた父は自身の暴走運転にも気づかぬほど正気を失ったか、あるいはみずからの意思で電柱に突っ込んだのだろう。

父が家を飛び出す前に何があったのか。私は家族にも警察にも話さなかった。罪悪感に苛《さいな》まれはしたが、私たちを脅かす存在が消えた安堵のほうが強かった。ようやく平和が訪れた。取り返しのつかないことをしてまで摑み取った平和だ。何があっても守ってみせる。

私が母を支え、妹を守る。子ども心に決意した。

それからの日々は平穏そのものだった。

一軒家からアパートに引っ越し、働きに出るようになった母は毎日忙しくしていたが、それまでと見違える程はつらつとしていた。

家を空けることが多くなった母の代わりに、私は家事全般をした。妹はいつも私の後をついてまわり、家事の手伝いをしてくれた。

大変だけれど充実していた。暴力と怒鳴り声に怯えなくていい生活は心身を安らかにした。なにより妹が元気になってくれたことが嬉しかった。彼女の無邪気な笑顔を見るたび、私はたとえようのない喜びを感じた。

慎ましくも満ち足りた暮らしだった。幸せだった。

その幸せがこの先もずっとつづくのだと私は思っていた。

大間違いだった。

冬の日のことだ。私が小学校から帰ると、夜勤帰りの母と妹が布団で寝ていた。抱き合って深い寝息を立てている。見慣れた光景だ。

いつもなら私は二人を起こさぬよう家事をするのだが、その日は再び出かける準備をした。クラスの子たちと遊ぶ約束があったのだ。今日ぐらい家のことはしなくていいから思いきり遊んでおいで、と昨夜母も言ってくれた。

とはいえ何もせずに遊びにいくのは気が引けたので、ベランダの洗濯物を部屋に取り込むだけして、私は家を出ようとした。

すると妹が咳をするのが聞こえた。そういえば今日は今年一番の冷え込みになると朝のニュースで聞いた。風邪を引いたら大変だ。

私は部屋に引き返し、ストーブを点けた。これで問題ない。ぐっすりと眠る母と妹の寝顔を眺めてから家を出た。

私はそのあと友だちの家で夕方までたっぷりと遊んだ。

その帰り道、けたたましいサイレンを鳴らして何台もの消防車が走り過ぎていった。消防車が向かった方角を見やると煙が立ちのぼっていた。

火事だ。同時に戦慄が走る。

――家の近くだ。

歩くスピードはじょじょに速くなる。小走りになり、全力疾走になった。息を切らして消防車を追いかける。

消防車に追いついた瞬間、私は路上にくずおれた。

視界の先で自宅のアパートが燃えていた。黒煙を吐きだしながら火柱を立てているのは――

そこからの記憶はひどく曖昧で、いまだに思い出せない。

アパート火災で母子死亡。

翌日の新聞にはそんな記事が載ったはずだ。

火災の原因はストーブだった。ストーブが衣類に引火してアパートの一室が全焼する火事となった。深い眠りについた母と妹は助けを求めることもできずに焼け死んだ。

ストーブを点け、そのすぐそばに洗濯物を放置したのは私だ。それがどれだけ危険なことかを考えもせずに私は家を出た。母と妹が火に包まれている間も、友だちの家でけらけら笑いながらゲームをしていた。

罰だ。

父を死に追いやった罰が下ったのだ。

断罪の業火は私でなく、母と妹を焼き尽くした。

そのとき自分のなかの何かが分かたれた。はがれ落ちて永久に失われた。

それが何なのかはいまだにわからない。その欠落をたしかめる術を私は知らない。

きっと一生わからないままだろう。

身寄りをなくした私は母方の親戚に引き取られた。親戚の家に居場所はなかった。彼らは私を不気味がり疎んじた。

見慣れぬ家の天井を見つめながら私はずっと考えた。

どこで過ったのか。どうすれば家族といまも一緒にいられたのか。

ストーブを点けていなければ、洗濯物をしまってから家を出ていれば。

手遅れだ。正しい答えを導き出せたとして何になる。

母はどこにもいない。妹はもう二度と笑えない。

たしかなのはそれだけで、それがすべてだ。

これからも私は喪失しつづけるのだろう。家族との思い出、その匂いやぬくもり、あらゆるものをじょじょに失っていくのだろう。

無邪気な笑顔から最後の寝顔まで。根こそぎ奪われていくのだろう。

生涯をかけてひとつずつ、生皮をはぐようにじわじわ損なわれてゆくのだ。

家族を殺した私にふさわしい末路だと思う。


過去のすべてを語り終えた私は目を閉じた。言葉にできない思いが胸に渦巻いている。それがおさまるのを待ってから、目を開ける。

その瞬間、面食らった。

イズミとテルマが泣いていた。ぽろぽろと涙をこぼしている。

その姿にどうしようもなくなつかしさを覚えた。

もし妹が生きていれば今年で十九歳になる。彼女たちと同じ年齢だった。

「どうして泣いてるの」

無意識に小さな子に話しかけるような口調になる。

イズミは洟をすすって洟らした。

「……ルイが泣いてるから」

はっとして目元にふれる。ひどく乾いていた。

「私は泣いてないけど」

「泣いてるよ」テルマが鼻声で言った。「涙が流れてないだけで、ルイはずっと泣いてる」

「そんなこと――」

私はグラスをとり、喉元までこみあげた心の澱《おり》をワインと一緒に飲み下した。どんな顔をすればいいのかわからず、テーブルに置いた自分の手に視線を落とした。

その手にイズミとテルマが手を重ねてくる。

「ルイはひとりやないよ。わたしたちがおる」

「あたしらは切っても切られへん。一蓮托生《いちれんたくしょう》やからな」

私はまじまじと二人を見た。胸の奥にぽっかりとできた空洞にあたたかい風が吹く。

「ありがとう」

それだけ言うのが精一杯だった。

私たちはしばらく手を重ねたままでいた。

会話はなかった。けれど言葉以上のものが互いの手のぬくもりから伝わってくるように思えた。

ほどなくして酒宴はお開きになった。

テルマとイズミはリビングのソファで寝ている。

私は、眠る二人にブランケットをかけて寝顔を眺めた。テルマの口元のよだれを拭い、イズミの顔にかかった前髪をはらう。

「いってくるよ」

私はささやいて立ち上がった。

家の外に出て、スマートフォンで電話をかける。

『もしもし』

深夜にもかかわらず河都はワンコールで電話をとった。

私は静かに告げる。

「いまから会いたい」


河都が指定したのは郊外にある廃工場だった。

闇夜の中に大きな倉庫が建っている。周囲には民家も街灯もない。

誰からも忘れ去られたような場所にクラシックカーが一台停まっている。

キャデラック・エルドラド。河都の愛車だ。

ここで間違いない。私は立ち入り禁止の鎖をくぐって敷地に踏み入った。

砂利道を歩き、倉庫の前に立つ。シャッター戸を開けると、まぶしい光がこぼれた。

倉庫の中は外観から連想するイメージと異なっていた。

広い空間にバーカウンターが設けられ、倉庫の奥には十メートルを超えるだろう巨大な物体があった。針金をつなぎ合わせて作られた魚——鮫《さめ》だ。

「やあ、ルイ。待っていたよ」

河都がバーカウンターのスツールから腰を上げる。

「こんなところまで呼び出してすまない」

穏やかな声音だ。夕方のやりとりはなかったかのように落ち着き払っている。

私は倉庫を見回す。「すごい場所だね」

「倉庫を買い取って全面改装したんだ。会社の人間や家族にも知らせていない別荘だよ。ここで酒を飲んだり、制作に没頭するといい気分転換になる」

「じゃあ、あれも」針金で作られた鮫を指す。

「ああ、僕が作った」河都がはにかむように笑う。「ワイヤーアートはいつまで経っても上達しないよ」

私はもう一度あたりを観察した。

「別荘というより秘密基地だね」

周囲一帯に人は寄りつかず、誰にも知られていない場所。好都合だ。

私はジャケットの内ポケットにふれた。硬い感触が指に伝わる。切り札だ。もしものときは躊躇なく使う。

「お、そのハイヒールはもしかして」河都が私の足元を見て、頬をゆるめた。「まだ持っていてくれたのか」

「うん」

私はヒールが十センチ以上ある自分の靴に視線を落とす。真っ赤なソールが特徴的なハイヒール。一緒に暮らしていたときに河都からプレゼントされたものだ。四年ぶりに足を通した。

「座ってくれ。いいバーボンがある」

促されて私はカウンターの止まり木に腰をかけた。

河都がおもむろにバーボンを呷《あお》る。私も供されたバーボンのロックに口をつけた。強いアルコールが鼻を抜けて、喉を焼いた。

「本題に入る前に事件の経緯を教えてくれないか」

河都はグラスに二杯目を注ぐ。

「羽浦はいい友人だった。なぜ彼が死ななければいけなかったのかを聞かせてほしい」

わかった、と私は顎を引き、すべてを告白した。

羽浦は恋人であるイズミに常習的に暴力を振るっていたこと。事件当夜の暴力は特にひどかったこと。命の危険を感じたイズミは羽浦を扼殺《やくさつ》し、私とテルマは羽浦の死体を山に埋める手伝いをしたこと。洗いざらいを打ち明けた。

「そうか」河都は顔を両手でおおい、深いため息を吐いた。「それで、これからどうするかは決めたのか」

「ええ」独断だが決めた。私はカウンターにグラスを置く。「警察には行きたくない。だから黙っていてほしい」

「羽浦の死体が山に埋まっていることを誰にも言うなと？」

「そう」

どこに羽浦を埋めたかまで暴かれているのだ。いまさら死体を移動させるような小細工を弄しても通用しない。秘密を口外しないでくれと頼むほかない。

罪を見逃せと言われて素直に聞き届ける人間はいないだろう。そのときの策は、胸ポケットの中にある。

「つまり僕にも犯罪の片棒を担げということか」

河都の目は何もかも見通すように澄んでいる。

思わず目をそらしそうになるが、私はまっすぐに見つめ返した。臆してはならない。

「いいよ。協力しよう。事件のことは誰にも喋らない」

河都は街頭アンケートに応じるくらいの気軽さで言った。輝かしいキャリアを失うどころか、人生を棒に振る危険性があるというのに。

だが驚きはない。むしろ予想通りだ。河都は応じるだろうと踏んでいた。

大事なのはここからだ。

「協力の条件は？」

「話が早いな」河都が口角を上げた。「以前と同じ仕事を頼みたい。お偉方のもてなしだ」

「まだその仕事やってたんだ」

「繁盛しすぎて困っているくらいだよ」苦笑する。

いまだに河都のサイドビジネスは好調らしい。彼は以前から政財界の有力者に若い女性を斡旋《あっせん》していた。

女性を斡旋して有力者とコネクションを築くことで、あるいは弱みを握って揺さぶることで河都は自身の会社を大きくしていった。

河都は起業家としてだけでなく、女衒《ぜげん》としても一流だ。口が硬く従順な女性を数多く取り揃えていた。

私もそのうちのひとりだった。東京でラウンジ嬢をしていた当時、もっと稼げる仕事があるからと河都に紹介されて、男たちの相手をした。

金はべつに欲しくなかった。河都の力になれていることが嬉しかった。彼に必要とされることが生きる糧だった。当時の私はまだ子どもで、どうしようもなく女だった。

またあんなことをしなければいけないのか。考えただけで吐き気がする。

だが、やむを得ない。事件を隠すために必要な対価だ。

「わかった。やるよ」

「よかった、顧客も喜ぶよ。ルイにはいまだに根強いファンがいるんだ。きみは何でも言うこと聞いてくれるからって」

河都はにこやかに言い、

「ほかの二人も人気が出るだろうな」

「ちょっと待って」わきの下を嫌な汗がつたう。「ほかの二人って誰」

「テルマさんとイズミさんだよ。あの二人にも顧客の相手をしてもらう」

私は絶句した。テルマとイズミの顔が脳裏をよぎる。彼女たちが剝き出しの欲望をぶつけられ、弄《もてあそ》ばれる。

「だめ。あの子たちはだめ。仕事は私だけがやる」

「こちらも相当なリスクを負うんだ。ルイひとりじゃ釣り合いがとれない」

「でも、あの子たちは巻き込めないよ。二人ともそんな経験まったくないし、まだ十九歳だよ。無理だって」

「ルイは十七のときからやっていたろ。あの二人も大丈夫さ。自分たちの状況をきちんと理解できれば決心がつく」

やらざるを得ない状況に追い込むということか。嫌悪がこみあげる。

「ルイの気持ちはわかる。僕だって心苦しい」なだめるような口調だ。「学生時代から交友のあった後輩が死んだことも、きみたちに過酷な仕事を頼むこともつらい」

嘘だ。羽浦の死も、私たちのことも、しょせんは他人事だろう。河都の本質は少年のように無垢で奔放で、冷酷だ。

当時はその異質に気づけなかった。気づかないよう目をそらしていた。いまならはっきりとわかる。

河都は目的のためなら他者を差配し、モノとして扱うこともいとわない人間だ。だからもう関わりたくなかった。どうにかして断ち切ろうとした。

けれど、しくじった。河都の異質に感づきながら対処できなかった。こうなったのはすべて私のせいだ。

「お願い。テルマとイズミには手を出さないで」

彼女たちは踏みにじられることなく、損なわれることなくいてほしい。そのためなら何だってする。

「彼女たちの分も私が仕事をする。三人分、いや、六人分働くから」

「六人分？　さすがに壊れるぞ」

「壊れないよ」

壊れるわけにはいかない。私が倒れたら彼女たちはどうなる。

「そうまでしてあの子たちを守りたいか。本当に変わったな、ルイ」

河都がやさしげに目を細める。

「だったら余計に認められない。きみひとりに仕事は任せられないよ」

「六人分じゃ足りないってこと？」

「いいや、六人分の仕事をしようが、十人分やろうが関係ない。ルイがどれだけ仕事をこなそうと、あの二人にも仕事をしてもらう」

「どうして」

「言ったろ。僕はがんばってる人が好きなんだ。特にルイみたいに大切な何かのために必死でがんばってる人は好きだ」

そして、とつづける。

「がんばってる人が溺れるのはもっと好きだ」

何を言っているのか理解できなかった。喉がひくつき、「なにそれ……」うめくような声が出る。

「身を挺《てい》して守りたい者たちが踏みにじられたとき、ルイはどんな顔をするんだろう」

白い歯を見せる。

「何が、おかしいの」

「特等席で眺める不幸は、最上の喜劇だよ」

河都は唇をゆがめて肩を小刻みに震わせる。笑っていた。

それは夕方の海辺で見せた姿を想起させた。私が罪を認めたとき、河都は顔を両手で覆って肩を震わせた。目には涙を浮かべていた。

泣いていたのではなかった。あのとき河都は笑っていたんだ。

罪に翻弄される私たちがおかしくてしかたなかったんだ。涙を流して笑っていたんだ。

おそらく河都が女衒をしているのは会社のためだとかの営利目的じゃない。趣味だ。消費され、搾取され、すり減っていく人間を観察したいからだ。溺れる人間たちを特等席で鑑賞するためだ。そうやって幾人もの人生を狂わせてきたのだろう。

河都がベイビー★スターライトの活動を後押ししたいと申し出たのは、グループの可能性に惹かれたのでなく、罪に怯えながら生きる私たちの一部始終をそばで観たかったからにちがいない。

ふと猛烈な恐怖に襲われた。

私は断ち切れていなかったのか。手のひらでずっと踊らされていただけなのか。

「どこまで計画していたの？」

「どういう意味かな」河都は疑わしげに眉を寄せる。

「あなたがぜんぶ仕組んだんじゃないの」

私にアイドルの道を勧め、羽浦を引き合わせたのは河都だ。

なかったよ」

「さすがにそれは飛躍しすぎだ。僕はあくまで観客だよ。舞台に立つ人間を操るなんて無粋はしない。たしかに羽浦のプロデュースするアイドルグループにルイが加入すれば面白いことになるだろうとは思っていた。だが、ここまでの展開は予想もしていなかったよ」

河都が二杯目のバーボンを干す。

「ときおり刺激を与えるくらいのことはしたけれどね。たとえば先月の接待の後、羽浦に薬を渡したりとか」

薬。事務所の床に散らばっていた合成麻薬のことか。

「あの薬はあなたのものだったんだ」

「僕自身は薬のたぐいは一切やらないよ。薬が見せる幻覚なんかより、目を開いて見る現実のほうがよっぽど愉快だ。ただ、人生に疲れたやつには魅力的だろうな。アイドルと激しく口論した後の社長なんかは使いたくなるんじゃないか」

その薬が発端で羽浦とイズミはもめた。そして羽浦は死んだ。

「あなたが薬を渡さなかったら、羽浦さんはいまも生きていたかもしれない」

「すごいよな。客席からのおひねりが物語の重要なアイテムになったわけだ」

河都の目が無機的に黒く光る。その相貌は針金で作られた獰猛な肉食魚とよく似ていた。

私は見誤っていた。

この男は鮫だ。人を溺れさせ、もがき苦しむさまを堪能した後、喰《く》らいつくす鮫だ。いくら言葉を尽くしてもこちらの要求は呑《の》んでくれないだろう。

切り札を出すしかない。

私は胸ポケットに手を入れ、中の物を取り出した。

「それは——USBメモリー？」

「そう」私は32ギガバイトの切り札を河都に突きつける。「このUSBの中には私が仕事をしていたときの動画が入ってる。あなたの顧客の相手をしている動画がね」

私は顧客の名前を言った。ニュースにも名前が出てくるような政財界の大物だ。

河都の瞳孔がわずかに開く。「どうしてそんなものを持っている」

「いまもやってるかは知らないけど、当時は客の弱みを握るために仕事現場を隠し撮りすることがあったでしょ」

あられもない痴態は脅しの材料として有効だった。

「その隠し撮りデータを念のため拝借しておいた。何かあったときの保険として」

本当は心の均衡を保つためだ。外部に漏らしてはならない証拠を持っていることで、私は河都に痛手を与えらえる唯一の人間だ、河都にとってそれだけの影響力を持つ存在なのだと思えた。そんな倒錯した思いから動画データを盗んだ。一生使うつもりはなかった。

そのすぐ後に大阪に移り住んだから使う機会はなかった。

それをいま私は河都に突きつけている。

「もしテルマとイズミに仕事をさせるなら、あなたがしていることを告発する。ここに来る前にUSBデータを一通りの動画サイトに予約投稿しておいた。時間がくれば自動的に世界に拡散される」

「やられたな。そんな策を隠していたのか」

河都はUSBメモリーと私の顔を交互に見る。

「だけど、いいのか。そんな動画が世界に流れたらルイも深刻なダメージを受けるぞ」

「だろうね」忌むべきデジタルタトゥーとなって私を生涯蝕《むしば》むだろう。「でも、やる」

「決死の覚悟か」

「二度と私たちに関わらないと約束して。そうすれば映像をネットにばら撒《ま》くのは止める」

「なるほど」

河都はグラスのふちを長い指でなぞり、うなずいた。

「しかたないな」

ふいに視界が激しく揺れた。世界が反転する。

私はスツールから崩れる。コンクリートの床に頭から落ちる。

ごっと嫌な音が頭蓋に響いた。

何が起きた。地震？　身体を動かそうとする。できない。

「動かないほうがいい。というか動けないいだろ。顎先を殴られると脳が揺れるからな」

頭上から声が降ってくる。どうやら私は殴られたらしい。

どうして。言葉の代わりにうめきが洩れた。

「動画をばら撒きたいなら好きにしろ。うちの客は特権階級の人間が多い。彼らは自分が火の粉をかぶらないよう必死でもみ消すだろうさ。まあ、もみ消せなかったとしてもそれはそれで面白い。どこまで大きなスキャンダルになるのかマーケティング的に興味がある」

他人事のような物言いだ。火の粉をかぶらない自信があるというより、本当にどちらでもよさそうだった。

「ただ、きみは野放しにできない」

無機質な黒目が私を捉える。逃げなきゃ。立てない。床を這いずる。

「動くなと言ったろ」

河都が腹を踏みつけてくる。枯れ木を踏み抜くような音がして、肺の空気がいっぺんにこぼれ出た。激痛に悶える。

のたうつ私に河都が馬乗りになった。万力で挟まれたように動けなくなる。

河都が拳を振り上げる。次の瞬間、視界に火花が散った。鈍い痛みが顔面を貫く。

血を吐いた。床に白い石がころがる。歯だ。

また拳がふってくる。火花と激痛。

誰かが叫んでいる。私の悲鳴だ。知覚がぼやける。

三度目の衝撃が頭蓋を激しく揺らした。

視界にノイズがかかる。何の音も聞こえなくなる。

もう一度拳が振りあがったところで意識は途絶える。


目覚めると私は拘束されていた。粘着テープで両手両足を巻かれ、倉庫の床に倒れていた。


「調子はどうだい」

左のほうから声がした。目が腫れて視界の半分がつぶれているので姿は見えない。

私は首を少し曲げ、声のほうを向いた。それだけでも痛みで脂汗が出た。

「最も猥褻《わいせつ》なものは縛られた女の肉体だとサルトルは言った。僕はそうは思わない」

河都はスツールを私の前に置いて座った。

いように女は創られている。

「この世でいちばんの不幸は、女が女であることだよ。女は悲劇的な構造をしている。子宮のせいで苦痛に苛まれ、身体は小さく筋肉は少ない。抗《あらが》えないように、屈しやすいように女は創られている。

だから男は、男による男のための社会を根づかせ、女から搾取するシステムを築きあげた。そんな理不尽がもう何百万年もつづいている。だというのに女は今日も悲劇的な構造で生まれてくる。これ以上の不幸があるか。完璧な絶望だ」

河都は早口に言い、うなだれる。

寄る辺ない顔つきは幼い迷子のようだった。はじめて河都の素顔を見た気がした。彼も漂流者なのかもしれない。探し求めつづけ、それでもたどり着けなかったのかもしれない。だから私は河都に惹かれたのだろうか。

床に倒れたままそんなことを考えた。頬に当たるコンクリートがひどく冷たい。ぼんやりしていた意識がはっきりしてくる。

「私を」自分のものと思えなくらい声はかすれていた。「……殺すの？」

「ああ」と河都はうなずく。「放っておくと何をするかわからないだろ。残念だけど消えてくれ」

「脆弱《ぜいじゃく》で哀れなだけだ」

足を組んでこちらを見下ろす。

かつて愛した男は粗大ごみを処分するみたいに平然と言った。

きっと私は心のどこかで期待していた。河都は私を特別に想っていると。だから武器のひとつも持たずにのこのこと会いにきた。たしかに脆弱で哀れだ。

「山に埋めたりはしないから安心してくれ。ルイの死体は誰にも見つからないよう完璧に処分するよ」

河都が腰を上げる。私は身をよじって逃げる。二歩で追いつかれた。河都は私の口を粘着テープでふさいでから、首に両手を回してきた。

「そんな顔をするな。人生なんて冗談だ」

河都は両手に力をこめた。首にすさまじい圧がかかる。息が苦しい。私は目を閉じた。

ここまでだ。私は死ぬ。それはもう、しかたない。でも、どうか彼女たちは助けてください。お願いします。どうか。どうか。

私は祈った。神はいない。けれど祈るしかなかった。

のたうつ苦痛とともに意識が遠のいていく。

家族の姿がまぶたの裏に浮かぶ。母と、そして――

ガラスの割れるような音がした。次いで何か重たいものが倒れる音。

首にかかっていた圧が急に消えた。喉元でせき止められていた息が一斉に噴き出す。

いったい何が。私は激しく咳こみながら目を開ける。

目の前に――テルマとイズミがいた。悲痛に顔をゆがめている。

どうして二人がここに。いまわの際の幻だろうか。

「ルイ」

彼女たちは嗚咽《おえつ》交じりに私を抱き起こした。

痛い。幻じゃない。

「ひどい……」

「なんで……こんなぼろぼろに」

二人が私の拘束を解いていく。その傍らに割れたバーボンのボトルと、倒れ伏した河都がいた。気を失っているようだ。

両手足のテープが剝がされて、私の身体は自由を取り戻した。

けれどひとりでは立つこともままならない。二人に肩を貸してもらって倉庫の出口に向かう。私のハイヒールがかつ、かつと床を鳴らした。

「どうして、ここが、わかったの」

「アプリで捜した」テルマの短い返答を、「一か月前にGPS追跡アプリを三人で入れたやろ。そのアプリでルイの居場所を調べた」イズミが補足した。

そうだ。アプリを入れていたんだ。そんなことも忘れるほど私は切羽詰まっていた。

「ごめん」

「謝らんで。正直何が起きてるかもよくわからんけど。ルイがこんなぼろぼろになってるのは、わたしたちのためやってのはわかる」イズミの声が潤む。

「でも黙って出ていくのはこれで最後にしてな」テルマは息を震わせた。

「ごめん」

出口が目前に迫る。あと数歩で外に出られる。

そのとき視界の端からものすごい勢いでスツールが飛んできた。

宙を飛ぶスツールが猛スピードで出口にぶつかる。耳障りな金属音がした。

テルマとイズミが悲鳴をあげて振り返った。

河都が立っていた。床で割れたボトルを見ている。

「なかなか手に入らないバーボンだったのに」

頭から垂れる血の筋を拭い、こちらに顔を向けた。

「三人消すのは骨が折れるな」

ゆっくりと近づいてくる。

「逃げて。私のことはいいから」

私は動けない。せめて二人だけでも。

「あほ。あたしらは一蓮托生って言うたやろ」

「ルイはここにおって」

テルマとイズミは私を壁にもたれさせた。「だめ。二人で逃げて」立っていることもできず私は地べたにへたりこむ。

二人は私をかばうようにして立った。

河都がゆったりとした足取りで近づいてくる。真っ黒な双眸がこちらを凝視している。

どんどん距離が縮まる。

テルマは床にころげたスツールを掴み上げ、河都に思い切り投げつけた。太ももあたりにスツールがぶつかった。河都が動きを止める。

同時にテルマとイズミは駆け出した。大声を上げて攻撃をしかける。

テルマが殴りかかる。それを河都は上体を反らして躱し、テルマの腹を殴った。小さな身体が弓なりに曲がって床に崩れる。

イズミが体当たりする。河都はびくともせず、イズミの身体を軽々持ち上げると地面に叩きつけた。

捨て身の攻撃はいともたやすく制された。テルマとイズミは床に倒れて、痛みに呻《うめ》いている。

「本当に脆弱で哀れだ。心の底から同情するよ」

河都は醒めた眼差しでおもむろに足を振り上げた。

「だめ」

か細い声は届きもしない。

河都はテルマとイズミを交互に蹴った。そのたびにくぐもった悲鳴があがる。

「やめて」

私は地べたを這いずって訴える。

河都は見向きもしない。黙々と暴力を行使する。二人の悲鳴はどんどん小さくなる。

ぐったりとした身体に容赦ない追い打ちが――

「やめろ！」

気がつくと私は立ち上がっていた。発火するように身体が熱い。

テルマとイズミがこちらを見やる。弱っているがまだ意識はある。私は二人の目を見つめてうなずいた。

河都は暴力を止めて瞠目する。

「すごいな。しばらく動けないよう痛めつけたのに。どうしてそこまでがんばる。この子たちへの親愛か、それとも共犯者の呪縛か」

知らない。愛でも呪いでもかまわない。何だっていいから力をくれ。

私を立ち上がらせろ。私たちを繋ぎとめろ。

息を吸って、吐く。対峙する敵を見据える。

「まだ立ち向かうか。すばらしい。尊敬するよ」

だが、と河都はかぶりを振った。

「きみは僕に敵わない」

そんなことは百も承知だ。だから諦めて屈するのか。

ごめんだ。最後まで足掻《あが》く。見苦しくもがく。

私たちを、悲劇にも冗談にもさせはしない。

一回だ。身体中の力を振りしぼっても動ける体力は一回分しかない。それにすべてを懸ける。

河都が筋張った拳を握りしめる。大きな男の身体はそれだけで根源的な恐怖をかきたてた。

私は、テルマとイズミを見た。二人は苦しそうに顔をゆがませている。

恐怖が吹き飛んだ。大丈夫。絶対に何とかする。

私は身構えた。河都が悠然と歩き出す。

そのときだ。テルマとイズミが河都の足に身体ごと組みついた。大きな身体がバランスを崩す。地面に膝をついた。

さすがだ。アイコンタクトだけで私の思惑を汲《く》み取ってくれた。

「ルイ！」

二人が呼ぶ。暴れる河都を必死に押さえつけながら。

私はうなずいて腰をかがめた。ハイヒールを脱いで手に持つ。

素足で冷たい地面を蹴って駆けた。

最後の力をふり絞って駆けた。

河都が驚愕に目を見開く。

私はあなたに敵わない。でも、私たちは負けない。

勢いをつけて振りかぶる。

私は、河都にハイヒールを叩きつけた。十センチ超の鋭いヒールが耳の穴に突き刺さる。

河都の身体が痙攣《けいれん》する。痙攣しながらも手でヒールを押し戻そうとしてくる。すごい力だ。

私は負けじと両手でヒールを押しこむ。相手のほうが強い。じょじょに押し返される。

するとテルマとイズミが二人がかりで河都に体当たりした。その反動でヒールが深々と突き刺さる。

とたんに圧が消えた。線を切ったように河都は倒れる。床の上で激しく痙攣する。

せわしなく動く黒目が私を捉えた。視線が重なる。

ほんの一瞬、河都は笑った。見間違いかもしれない。でも、たしかに微笑んだように思えた。

完全に動かなくなるまで私は河都を見つめた。

テルマとイズミが、私の手を引いて倉庫を出た。

「ルイ、早く」「逃げよ」

真夜中の外はどっぷりと暗い。

「早くここから離れんと」テルマが暗闇を見渡す。

「この車で行こ」イズミがキャデラックを指した。「鍵ささってる」

テルマが運転席、イズミは助手席、私は後部席に倒れこむ。

キャデラックは持ち主を置き去りにしたまま、発進した。

「どうする。どこ行けばいい」

テルマは慎重な手つきでシフトレバーを操作する。

「ひとまず病院に」イズミがこちらを振り返った。

「いや、いい」私は片手を小さく振った。

「でも、ひどい怪我やで」

「見た目ほどはひどくないよ」実際は喋るのもつらかったが病院に行く気にはなれな

かった。「イズミの家に戻ろう。準備しないと」

「準備って、何の」

私はスマートフォンを取り出した。すでに日付は変わっている。

「今日は大切な日でしょ」

テルマとイズミは訝し気に眉を寄せた後、ああ、とうなずいた。

今日は二月十四日。

ベイビー★スターライトの四周年記念ライブの日だ。

ライブハウスにキャデラックで乗りつけた私たちに、マネージャーの土井は驚いた。さらに車から出てきた私が傷だらけなものだからもっと驚いた。

「いったい何があったんですか」

土井は声を落として訊いた。楽屋に誰も入ってこないようドアを身体で塞いでいる。

「聞かないでください」

私は顔にふれた。左目の腫れがひどく視界の半分は見えない。市販の強力な痛み止めでごまかしているが、それでも身体はずきずきと悲鳴を上げている。

テルマとイズミも顔こそ痣はないが、手足には痛ましい暴力の痕があった。

「いまはライブに集中させてください」

「……わかりました。自分は外で待機しておきます」

土井は踵を返した。が、いっこうに楽屋を出ていかない。

何事かと私たちは土井を見やる。

するとこちらを振り返って言った。

「申し訳ありません。自分がもっと早く気づいていれば」

相変わらず表情に乏しいが、その声は悔恨に満ちていた。

どうやら土井は知っていたようだ。私たちが取り返しのつかないことをしたと。

おそらくは河都と同じように、偽の逮捕劇の際に気づいたのではないか。興信所の捜索を打ち切ったのは金銭的な理由でなく、私たちを守るためだったのだろう。

「いまさらかもしれませんが、もし自分の力が必要でしたら言ってください」

土井はスーツの懐に手を入れ、三枚の細長い用紙を取り出した。飛行機のチケットだ。

「みなさんが身を隠すための手段は用意してあります。急ごしらえですのでかなり粗いプランではありますが」

思いもよらない相手からの予想だにしない提案。

呆気にとられる私たちに、土井は淡々と語る。

「存在していると困る証拠があるようでしたら仰《おつしや》ってください。自分が消しておきます。ほかにも――」

「いや、土井さん」

たまらず私は止めた。

「申し訳ありません。急な話で混乱させてしまいましたね。もう一度最初から説明します。まず身を隠すための方法ですが」

「そうじゃなくて」

言っていることは理解できた。だから混乱している。

「私たちが何をしたかわかっているんですよね。それなのに協力するつもりですか」

「はい。協力します」

即答だった。

計画は破綻した。もはや私たちの罪を隠し通すことは難しい。だというのに人生を台なしにして共犯者になるつもりか。

「どうして」

私は言葉少なに問うた。

テルマとイズミも真意をはかるように土井を見つめた。

「自分はマネージャーですから。みなさんを支えることが役目です。たとえ何があっても」

土井は決然と告げ、メンバーひとりひとりとしっかり目を合わせた。真剣な表情はともすれば睨んでいるようにも見えた。

その表情がこれまでのことを思い起こさせる。街中で偶然会ったときも、ライブハウスで私たちを見ているときも、土井は同じまなざしをしていた。

私たちを疑っているのだと思った。罪を暴こうとしているのだと思った。ちがった。土井は、私たちの身を、行く末をずっと案じてくれていたんだ。

「これからのことは三人で決めてください。どんな決断だとしても、自分はみなさんの選択を最大限に尊重します」

再び踵を返し、

「今日のライブ、絶対に成功させましょう」

土井は楽屋を出ていった。

「めっちゃお客さん入ってるやん」

舞台袖でテルマが言った。

「最近のライブが評判よかったから新規さんも結構来てくれてるんやって」

イズミが明るく発する。

「いい顔してるね、みんな」

にこやかな表情、真面目な表情、ほがらかな表情、真剣な表情。客席には一つとして同じ顔はなく、みんないい顔をしていた。

「ここにもちゃんとあったんやな」

テルマがしみじみつぶやく。

「こんなライブハウス早く飛び出して、もっとデカい箱でやるのが目標やったけど。ここにもちゃんとあったんやな、あたしが欲しかったもの」

私とイズミは深くうなずいた。

少し前までの私ならテルマが何を言っているのか理解できなかった。いまはよくわかる。

私たちは泥沼を這いずってきた。追い求めるものはもっと上に、高みにあるのだと思っていた。でも、本当は泥沼の中にもあった。泥沼でもがくなかで私たちはすでに手にしていた。ただ気づいていなかっただけだ。

土井のこともそうだ。土井にとってマネージャー業はただのビジネスで、グループへの思い入れなどないと考えていた。私たちのために人生を投げ打つ覚悟があるなんて思いもしなかった。

たぶん私たちはたくさんのことに気づけなかった。たくさんのことを見逃して、見過ごして、取りこぼしてきた。その結果が、いまだ。

もう手遅れなのだろうか。もう終わってしまったのだろうか。

いや、まだきっと――。

「ねえ、円陣やろうよ」

私が声をかけると、ステージ衣装に身を包んだルイとイズミが振り返った。

差し出した私の手に、二人が手を重ねる。

「今日はルイが掛け声やってや」とテルマ。

「私？」

「四周年ライブやもん。初期メンにびしっと決めてもらわんと」

イズミの言葉で過去の出来事が一斉に思い起こされた。

アイドルとしての日々。つらくて大変な記憶ばかりなのに、なぜか心は安らかだ。

「ちょうど四年前の今日、ベイビー★スターライトは結成した」

あの日も円陣を組んでからデビューライブに臨んだ。当時のメンバーは私以外に誰ひとり残っていない。みんなアイドルを卒業し、それぞれがちがう道を歩んでいる。

「デビューしたときは七人グループだった」

それから加入と脱退を繰り返し、現在の三人グループになった。

「一時期はサッカーチーム作れるくらいメンバーおったのに。えらい減ってしもたなあ」テルマがかるく笑い、「いまはフットサルもできへんね」イズミがまなじりを下げた。

「うん。でも、三人でよかったよ」

私は、テルマとイズミの手をとる。

「この三人でよかった」

私たちは手をつなぎあい、互いを見た。

「ここに来るまでいろいろあったよね。特にこの一か月は」

テルマとイズミが神妙な表情でうなずく。重ねられた手には痛ましい痣がある。闘いの痕だ。

私たちはずっと闘ってきた。これからも闘いはつづく。

「この先、私たちはどうなるんだろう」

自首するのか。それとも土井の力を借りて逃げるのか。

ライブの後で選ぼうと三人で決めた。

「正直言うと、私はどっちでもいいんだ。三人でアイドルをつづけられるなら、監獄アイドルでも逃亡アイドルでもかまわない」

テルマとイズミが無邪気に笑う。そう。その笑顔があればいい。

「もし、このまま三人で転がり落ちるだけ転がり落ちて、どん底から抜け出せなくなっても私は笑えるよ。私たち最悪だね、どうしようもないねって笑えるよ」

漂流の果てにたどり着いた。

ここが、あなたたちの隣が、私の居場所だ。

テルマが洟をすすり、イズミは目尻をぬぐった。

「じゃあ、いこうか」

掛け声の後、私たちはステージに立った。

大きな歓声が上がる。キャパ百人を超える客席は満員だった。ワンマンライブでここまでの人数はひさしぶりだ。

化粧と衣装のおかげで怪我にはまだ気づかれていない。

私は手を振りながら客席を見渡す。その手が一瞬止まった。思いがけない人物がいたからだ。

眼鏡をした男性がじっとこちらを見上げている。

間違いない。あの人だ。私を推してくれていた中学教師だ。

――何のためにアイドルやってんの。

一か月前、特典会で彼に訊かれた言葉がよみがえる。あのとき、私は何も答えられず、彼を失望させた。

もう二度と来ないと思っていたのに。会いにきてくれたんだ。

私は彼を指さしてから、その指を自分に向ける。彼は力強くうなずいた。

しっかり見ていて。

何のためにアイドルをやっているのか。

まだ言葉にはできない。けれど、伝えることはできると思う。

このライブを観てくれれば、きっと届く。

今日は二月十四日。想いを伝えるにはふさわしい日だ。

最初の曲が流れ出す。

イントロに合わせて観客が揺れた。黒髪の頭がそこかしこで揺れる様は、暗い海が波打っているようだ。

その暗い海に向かって私は手を伸ばす。指先はかすかに震えている。ゆっくりと息を吸う。

さあ、幕が上がる。

刊行にあたり、第22回『このミステリーがすごい!』大賞・文庫グランプリ受賞作品「溺れる星くず」を改題のうえ、加筆修正しました。

この物語はフィクションです。作中に同一の名称があった場合でも、実在する人物、団体等とは一切関係ありません。

第22回『このミステリーがすごい！』大賞（二〇二三年八月二十三日現在）

本大賞は、ミステリー＆エンターテインメント作家の発掘・育成をめざす公募小説新人賞です。『このミステリーがすごい！』を発行する宝島社が、新しい才能を発掘すべく企画しました。

【大賞】

ミイラの仮面《マスク》と欠けのある心臓《イブ》　白川尚史

※『ファラオの密室』として発刊

【文庫グランプリ】

溺れる星くず　遠藤遺書

※『推しの殺人』（筆名／遠藤かたる）として発刊

箱庭の小さき賢人たち　海底　明

※『卒業のための犯罪プラン』（筆名／浅瀬明）として発刊

第22回の受賞作は右記に決定しました。大賞賞金は一二〇〇万円、文庫グランプリは二〇〇万円（均等に分配）です。

●最終候補作品

「ミイラの仮面と欠けのある心臓」白川尚史

「あなたの事件、高く売ります。」長瀬遼

「溺れる星くず」遠藤遺書

「箱庭の小さき賢人たち」海底明

「龍と熊の捜査線」新藤元気

「空港を遊泳する怪人の話」阿波野秀汰

〈解説〉
風前の灯の地下アイドルグループがさらにヤバい局面にぶち当たるクライムノベル

香山二三郎（コラムニスト）

ジャニーズ事務所を始め、歌舞伎に宝塚歌劇に相次いでトラブル発生、それぞれのファンにとって二〇二三年は誠に災難な年であった。

いや、トラブルなんてなんのその、それを乗り越え支え続けてこそ本当のファン、ヲタであるといわれるかもしれないが、芸能界は都会のジャングル、食うか食われるかの過酷な世界だ。アイドルとて例外ではない。自分の愛する推しがいつ、何時、どんなトラブルに見舞われるかわからない。

そう、本書に登場する『ベイビー★スターライト』のように。

え、ヲタって何？　推しって何だって？

ヲタとはオタクの略称で、サブカルチャーに熱狂し愛着を持つファンのこと。推しとは、たとえばアイドルなら「応援している（好きな）メンバー、またはグループ」を意味し、「前者は『推しメン』、後者は『推し箱』。ひとりを強烈に推すのは神推し、強く推すのは激推し、ひとりだけを推すのは単推し」（アイドルオタク用語集／大森望『50代からのアイドル入門』本の雑誌社）という。

ベイビー★スターライトは大阪発の三人組アイドルで、ライブを中心に活動する地方の地下アイドルとしては中の下のランクだが、それでも彼女たちを推す常連のファンはしっかり付いていた。もっとも、グループ内の関係は最悪で、年長のリーダー、ルイは目標も持てないまま惰性で活動を続けていて、引退の二文字が念頭にちらついている。前センターのテルマは歌もダンスも上手、パフォーマンスはグループ一だったが、歌もダンスも自分より劣る新入りのイズミにセンターの座を奪われ、二人の溝は深まるばかり。グループはいつ瓦解しても不思議のない状態なのだった——。

本書、遠藤かたる『推しの殺人』（『溺れる星くず』改題）は第二二回『このミステリーがすごい！』大賞で文庫グランプリを受賞した長篇で、そんな風前の灯《ともしび》の地下アイドルグループがさらにヤバい局面にぶち当たるクライムノベルである。

一方で、ベビスタの三人は事務所の社長・羽浦《はうら》にこき使われてもいた。折しも新型コロナのパンデミックの影響で仕事が激減、ファンも離れ、事務所の経営は傾いていた。その対策のひとつとして羽浦が選んだのが、ＶＩＰの接待。企業の重役と食事をして接待をするのだ。

その日もルイとテルマは北新地《きたしんち》の料亭に呼ばれ、ガマガエルそっくりのイベント会社の社長を接待する羽目に。だが驚いたことに、テレビの人気コメンテーターとして有名な東京の実業家・河都《かわと》がその場に現れ、同席することに。羽浦の大学の先輩だというが、ルイにとっても東京時代に世話になった人物だった。その後羽目を外したガマ男にテルマがぶち切れ、その場を退出、羽浦とも修羅場すれすれのところを河都に救われる。

散々な一日が過ぎ、ルイがいよいよ引退する決意を固めたとき、破局を知らせる電話がイズミからかかってきた。事務所に戻ると、そこには羽浦の絞殺死体と膝を抱えてうつむいているイズミがいた……。

本書を一読して思ったのは、まずベビスタの面々のキャラが立っていること。ルイはオーディションに受かったからというだけで大阪で地下アイドルに就き、それから四年がたっている。ベビスタは結成当時は七人グループだったが、メンバーの加入と脱退を繰り返し、現在の三人編成になった。やる気のないまま四年もの長きにわたってアイドル戦線を潜《くぐ》り抜けてきただけでも大したものだと思うが、引退しようとした間際に何故あえて社長殺しという重大事件を隠ぺいしてまでアイドルを続けようと決心するのかといえば、それは亡き妹への懺悔《ざんげ》と、年下のメンバーへの友情ゆえだろう。

亡き妹への思いはのちに明らかになるとして、そこ、とってもハードボイルドだど。

テルマはルイとは対照的に、天下を取るためにアイドルになったという生粋のアイドル。センター時代にはセンターであることに誇りを持ち、そのための努力も怠らず、人一倍レッスンにも励んだ。こてこての大阪弁が似合う一本気の熱血派で、当初は自分からセンターの座を奪ったイズミにつらく当たるが、羽浦殺しをきっかけにベビスタの継続を強く主張し、イズミとの関係も修復、急速に仲良くなる。

そして問題のイズミは目鼻立ちのはっきりした顔にすらりとした身体でセンターにふさわしい存在感を放っている。大阪の一等地に住んでいて、名門のお嬢様大学に通っている一九歳だが、恋人にDVを受けており、それを隠そうとルイの前でもおどおどしていたりする。そんな虫も殺さぬようなお嬢様が、こともあろうに事務所の社長に手をかけようとはまさに青天の霹靂《へきれき》というべきか。

映画ファンならお気付きかもしれないが、ルイとテルマという名前から、リドリー・スコット監督の名作映画『テルマ&ルイーズ』（一九九一年）を思い起こす向きもあるかも。これはアイドルものとは異なるが、平凡な主婦のテルマ（ジーナ・デイヴィス）が親友の中年ウエイトレス、ルイーズ（スーザン・サランドン）に誘われて週末ドライブに出かけ、途中のドライブインでテルマが羽目を外して男たちにレイプされそうになり、テルマが護身用に持ってきた銃でルイーズが男を撃ち殺してしまう。二人はその場から逃走するものの程なく警察に身元がばれ、FBIも捜査に乗り出すが、二人の暴走は止まらない。

と書くと、中年女二人のただの暴走劇のようだけれども、実はテルマは長年夫に縛られ続けていて、ルイーズにはレイプされた過去があり、二人の暴走劇はそうした男優位社会の抑圧からの解放劇でもあった。「九〇年代の女性版アメリカン・ニューシネマ」と呼ばれるゆえんだが、本書にも人の命を奪ってしまったと悔いるイズミに対して、ルイが「奪ったのは向こうでしょ」（中略）「イズミは取り返しただけだよ」という場面がある。「自由、気位、尊厳――／多くのものを奪われた。／イズミはそれらを取り返しただけだ」と。

本書が映画『テルマ&ルイーズ』の影響下にあることは明らかだが、さらには桐野《きりの》夏生《なつお》のブレイク作『ＯＵＴ』（こちらは小説だ）の影響を受けていることにもお気付きかと思う。この作品は東京郊外の弁当工場で働く深夜パートの主婦たちの話で、彼女たちはそれぞれ問題を抱えていたが、そのうちの一人が夫が貯金を賭博で使い果たしたことに激昂《げきこう》して殺害してしまったことから、一致協力して夫の死体を処理して証拠隠滅を図るのだが……という、本書と似たようなシチュエーションのクライムノベルだ。ルイが弁当工場の夜勤でバイトしているとなればなおさらだし、終盤犯罪組織の黒幕と対決する場面も『ＯＵＴ』を髣髴《ほうふつ》させるが、これはやはり自由を求めて連帯するパート主婦たちの絆《きずな》をいち早くとらえて活写した作品へのオマージュということで理解されたい。

話がそれたが、ベビスタの面々はそうした過去の名作キャラの影も背負っているということである。

本書の長所については、短めの歯切れのいい文章と速いテンポの展開も挙げておきたい。会話と地の文のバランスも絶妙で、すらすらと読ませる。ルイの心理描写もしつこくなく、仲間のためなら手段を選ばぬことを明かすあたり、さらりとしていて却《かえ》って凄《すご》みが効いている。一方の展開面では、出だしから程なく北新地での接待場面でわくわくさせた後、間を置かずに社長殺害現場に飛ぶ。ベビスタの三人は直ちに対策を練り始めるが、死体の移動に伴う防犯カメラの問題にぶち当たるなどハラハラドキドキの連続。死体の処理が無事終わっても、著者はサスペンスの手を緩めない。台風の襲来で死体が暴かれる恐れが出たり、興信所の探偵につきまとわれるようになったり、ベビスタたちは次第に追い詰められていくことになるのだ！

してみると、著者はクライムノベルの作法を充分心得た即戦力の書き手といえよう。

本書はアイドル小説にして、日本社会の現状を活写したクライムノベルであり、シリアスな女ハードボイルド／ノワール小説でもある。実力派新人の新人離れしたデビュー作をぜひ楽しまれたい。

遠藤かたるは一九八八年、愛媛県松山《まつやま》市生まれ。愛媛県立松山南高校、甲南《こうなん》大学法学部を卒業後、化粧品メーカーに勤務し、現在は営業職に従事。趣味は映画・ドラマ鑑賞、読書。今後の目標は「プリンのような作品を書きたいです。さっと読むだけでもプリンのカスタードみたいに濃厚で、さらにじっくり奥まで読みこめばカラメルソースのように極上の味わいがある。そんな物語を書いていきたいです」とのことである。

二〇二四年一月

宝島社
文庫

推しの殺人
(おしのさつじん)

2024年2月20日　第1刷発行

著　者　遠藤かたる
発行人　関川 誠
発行所　株式会社 宝島社
〒102-8388　東京都千代田区一番町25番地
電話：営業 03(3234)4621／編集 03(3239)0599
https://tkj.jp
印刷・製本　中央精版印刷株式会社

ISBN 978-4-299-05113-4